Jens K. Holm

DETEKTIV KIM
greift ein

C. Bertelsmann Verlag

Originaltitel: Kim ta'r affaere
Aus dem Dänischen von GERTRUD RUKSCHCIO
Illustrationen von ULRIK SCHRAMM

© Grafisk Forlag A/S, Kopenhagen
Alle deutschen Rechte bei der Verlagsgruppe Bertelsmann GmbH/
C. Bertelsmann Verlag, München, Gütersloh, Wien 1975/543
Einband von Hansjörg Langenfass
Gesamtherstellung Mohndruck Reinhard Mohn OHG, Gütersloh
ISBN 3-570-07575-3 · Printed in Germany

1

In der großen Pause kam Erik zu mir.
»Was hast du für Sonnabend vor?« fragte er.
Es war einer der ersten Tage im April. Die Sonne schien, aber der Wind blies ziemlich kalt. Trotzdem spürte man den Frühling, das stand außer jedem Zweifel.
»Weiß ich noch nicht«, erwiderte ich. »Ich glaube nicht, daß ich . . . oh! das habe ich ja ganz vergessen!«
Tatsächlich, ich hatte vergessen, daß der kommende Sonnabend schulfrei war. Wir hatten jetzt Mittwoch, und ich hatte noch nicht darüber nachgedacht, was ich an den beiden freien Tagen anfangen wollte.
»Ich habe mir eben während der Deutschstunde überlegt, daß wir beide und Brille doch am Freitag ins Sommerhaus fahren könnten. Falls wir die Erlaubnis bekommen. Ich hab zu Hause noch nicht gefragt.«
Eine Prachtidee! Warum nur waren wir nicht schon längst darauf gekommen? Wie oft hatte ich in den vergangenen Monaten von unserem Fischerort geträumt, und je mehr ich daran dachte, in desto weitere Entfernung schienen die Ferien zu entschwinden, obwohl sie in Wirklichkeit von Tag zu Tag näher heranrückten. Wie ich mich danach sehnte, für eine Weile aus Kopenhagen fortzukommen!
»Glaubst du, wir kriegen die Erlaubnis?« wollte Erik wissen.
Ich nickte.
»Da bin ich ziemlich sicher. Hoffentlich sind deine Eltern einverstanden, daß wir in eurem Haus wohnen.«
Erik machte eine großartige Handbewegung.
»Das überlaß nur mir. Wenn der einzige Sohn meiner Eltern seinen Charme voll aufdreht, dann . . außerdem werden sie entzückt sein, mich für ein paar Tage loszukriegen.«
Als wir Brille von unserer Idee berichteten, war er sofort

Feuer und Flamme. Doch gleich darauf verdüsterte sich sein Gesicht.

»Na, ob ich mit darf . . . Ihr wißt ja, wie . . .«

Und ob wir es wußten. Brille hatte es immer furchtbar schwer, seine Eltern zu irgendwas zu überreden. Da hatten Erik und ich es mit den unseren besser getroffen.

»Kopf hoch, es wird schon klappen«, ermunterte Erik ihn.

So fing es an, und wirklich ging alles viel leichter, als wir es uns vorgestellt hatten. Erik bekam die Erlaubnis, das Sommerhaus zu benützen, und Brille und ich durften mitfahren. Am Freitag hatten wir um zwei Uhr frei, und um vier trafen wir drei uns am Hauptbahnhof. Während der letzten Stunde waren auf jeden von uns mindestens eine Million Ermahnungen heruntergeprasselt, besser gesagt, sie war zum einen Ohr hinein- und zum anderen wieder hinausgegangen. Und nun standen wir drei also auf dem Bahnsteig. Ich muß mich verbessern, wir vier. Ich hätte beinahe die Hauptperson vergessen. Schnapp, Eriks Hund, war die Hauptperson, daran konnte kein Zweifel bestehen. Jedenfalls hatte Schnapp selbst nicht den geringsten Zweifel daran.

Während der Zug Helsingör entgegenfuhr, begann es zu regnen. Der Regen peitschte gegen die Scheiben, und man sah nichts mehr von der Landschaft. Schnapp lag unterm Sitz und zitterte. Manchmal jaulte er auf. Er haßt das Eisenbahnfahren.

»Aber das Beste ist doch«, sagte Erik aus seinen Gedanken heraus, »daß wir oben bloß aus dem Zug zu steigen brauchen, und schon stecken wir mitten in einem rätselhaften Fall.«

»Blödsinn«, erwiderte ich kurz.

»Wieso, wißt ihr denn nicht mehr . . .«

Natürlich erinnerten wir uns. Aber nur, weil es das eine oder andere Mal passiert war, konnte man sich doch nicht

einfach drauf verlassen und sich jetzt schon darauf freuen!
»Zunächst mal wohnt in dieser Jahreszeit kein Mensch oben«, gab ich ihm zu bedenken. »Nur die Einheimischen.«
Doch er gab nicht nach. »Wartet nur ab«, rief er. »Bestimmt geschieht etwas Aufregendes. Das sagt mir mein sechster Sinn! Nein, mein Herz sagt es mir!«
»Dein komisches Herz sitzt aber auf der anderen Seite«, warf Brille sachlich ein.
Erik verlegte die Hand mehr nach links.
»Meinetwegen, dann also hier. Seid nicht so kleinlich. Wartet nur ab! Ich irre mich nie!«
Ich hätte aus dem Handgelenk einige Millionen Male aufzählen können, wo er sich geirrt hatte, aber wozu? Ich versuchte lieber, das Thema zu wechseln.
»Was glaubt ihr, wird Katja sagen, wenn wir so plötzlich auftauchen?«
Wie die meisten von euch wissen, ist Katja ein Mädchen in unserem Alter, vielleicht ein bißchen jünger. Sie wohnt mit ihrem Vater das ganze Jahr über im Fischerort. Ihr Vater ist Pole und Professor und politischer Flüchtling. Wir sind den ganzen Sommer mit ihr zusammen, und den ganzen Winter über sehne ich mich nach ihr und freue mich aufs Wiedersehen.
Erik und Brille meinten, sie würde wohl ziemlich erstaunt sein, wenn sie uns zu Gesicht bekam, doch gleich darauf sprachen sie schon wieder über einen zu erhoffenden rätselhaften Fall.
Brille hatte die Brille abgenommen. Er putzte sie nachdenklich und blickte aus dem Fenster, obwohl man bei diesem Regenguß absolut nichts sah.
»Komisch ist das schon«, meinte er langsam. »Aber ich habe ebenfalls das Gefühl, es braut sich etwas zusammen. Wahrhaftig, ich glaube, Erik wird recht behalten.«

2

Bevor wir Helsingör erreichten, hörte es auf zu regnen. Als wir zum Zug nach Gilleleje gingen, schien die Sonne, und wir begannen auf gutes Wetter für unser langes Wochenende zu hoffen. Doch es war ja April, und kaum waren wir durch Julebaek, als es plötzlich zu schneien begann.
Seit Helsingör war unser Wagen halb leer, und die wenigen Reisenden stiegen meist schon an den nächsten Stationen aus. Schließlich waren im ganzen Wagen, außer uns, vielleicht noch fünf oder sechs Fahrgäste.
Brille und Erik hatten jeder einen Fensterplatz erobert. Ich saß neben Brille. Unser Gespräch war schließlich versandet. Aus dem Fenster konnte man wieder nicht sehen, denn jetzt verklebte nasser Schnee die Scheiben.
Auf dem Platz mir schräg gegenüber, auf der anderen Seite des Mittelganges, saß eine alte Bäuerin und schlief. Der Mund stand ihr ein wenig offen, und ihr Kopf nickte im Takt mit den Bewegungen des Zuges. Auf dem Platz hinter ihr, aber auch mit dem Gesicht zu mir, saß ein glatzköpfiger Mann, der sicher schon hoch in den Fünfzigern war. Er trug eine große Hornbrille mit sehr starken Gläsern. Sein Kopf schaute aus wie ein Ei mit Brille.
Ich riet herum, was wohl sein Beruf sein mochte. Damit amüsiere ich mich oft, wenn ich in der Straßenbahn oder im Zug fahre und keine andere Beschäftigung habe. In diesem Fall war das Raten schwierig. Er wirkte irgendwie vernachlässigt, vermutlich war er Junggeselle oder Witwer. Der Anzug, den er trug, war sehr gut gearbeitet und wohl auch einmal teuer gewesen, aber man sah, daß er seit Tagen nicht abgebürstet worden war, und auf dem einen Aufschlag klebte ein wenig Eigelb. Der Mann konnte so etwas wie ein Buchhalter sein, aber ob ein Buchhalter so herumlaufen durfte?
Weiter kam ich in meinen Überlegungen nicht, denn mein

Blick fiel zufällig auf Eriks Gesicht. Er saß steif da und starrte verzückt auf etwas hinter meinem Rücken, auf der anderen Seite des Mittelganges. So vertieft war er in den Gegenstand, den er anstarrte, daß er meinen Blick nicht merkte. Plötzlich lächelte er, und gleich darauf lief er feuerrot an. Er räusperte sich, drehte den Kopf und schaute aus dem Fenster, obwohl da nichts als Schnee und Tauwasser zu sehen war. Aber er mußte sich wohl irgendein Ziel für seinen Blick suchen.
»Was ist denn los? Du siehst ja plötzlich wie ein krankes Schaf aus!« fragte Brille interessiert.
»He? Schaue ich so aus?«
»Ja, eindeutig«, stimmte ich zu.
Erik zögerte einen Augenblick.
»Hm, wißt ihr ... jetzt werdet ihr mich sicher auslachen und sagen, ich bin blöd, aber ... ich habe soeben mein Herz verloren.«
»Vor einer halben Stunde konntest du es nicht finden, und jetzt hast du es verloren«, rief Brille und tat, als suche er etwas unter dem Sitz. »Wie kann man nur so schlampig sein!«
»Ich wußte es ja«, murmelte Erik tragisch. »Ich wußte, ihr würdet mich auslachen. Was wißt ihr schon von tieferen Gefühlen. Ihr habt niemals ...«
Brille grinste.
»Geschenkt. Erzähl lieber, wie sie aussieht.«
Erik schielte wieder hinüber zu ihrem Platz.
»Nun«, begann er, »Ihre Augen sind ... hm ... wie ..., na, wie soll ich es nennen?«
»Wie Waldseen?« schlug ich hilfsbereit vor.
Er nickte begeistert.
»Genau. Und ihr Haar ist blond wie ...«
»Wie reifer Weizen«, half ich wieder aus.
»So ungefähr, ja. Wartet nur, bis ihr sie seht. Habt ihr gemerkt, daß sie mir zugelächelt hat?«

»Von hier aus können wir sie ja nicht sehen, du Rhinozeros. Aber wir haben gesehen, daß du ihr zugelächelt hast. Das sah aus, als hättest du fürchterliches Bauchweh.«
Doch Erik nahm das nicht zur Kenntnis. Er hatte uns ganz und gar vergessen. Kurz darauf fing er wieder an:
»Gleich müssen wir aussteigen. Sie wird weiter fahren, und ich sehe sie nie, niemals wieder.«
»Andere Mütter haben auch hübsche Töchter«, tröstete ich ihn.
Erik schüttelte schwermütig den Kopf.
»Keine ist wie diese da. Begreift ihr nicht . . . es ist . . . es ist das erstemal, daß ich mich allen Ernstes verliebt habe.«
Mir schien zwar, ich hätte Ähnliches von ihm im Verlauf der letzten paar Jahre schon mehrfach gehört, doch ich widersprach ihm nicht.
»Geh doch hinüber und sprich sie an«, schlug Brille vor.
»Geht nicht. Sie ist mit ihrem Vater. Er schaut aus wie eine Bulldogge.«
Dann seufzte er tief auf und versank in Träumereien. Es hörte auf zu schneien. Die Sonne kam zum Vorschein, und gleich darauf waren die Fensterscheiben klar. Auf den schwarzen Feldern draußen lagen noch hie und da kleine Schneereste.
»Bitte, führt euch jetzt anständig auf«, flüsterte Erik.
»Warum denn?« fragte Brille verwundert. Er fand wohl, genau wie ich, daß dies eine höchst überflüssige Bemerkung war. Hatten wir nicht die ganze Zeit still dagesessen und keinen Ton von uns gegeben?
»Warum? Weil er jetzt kommt!«
»Die Bulldogge?«
Er nickte.
Seine Beschreibung jedenfalls war völlig korrekt. Der Mann sah nicht bloß aus wie eine Bulldogge, mehr noch: Er sah aus wie eine Bulldogge, die eben einen Briefträger zu Gesicht bekommen hat.

Er ging mit energischen Schritten an uns vorbei. Die Tür knallte hinter ihm zu.
»Bahn frei, Erik«, rief Brille aufmunternd.
»Hm . . . ja . . .«
Er nahm sichtlich allen Mut zusammen.
Aber gerade als er aufstehen wollte, wurde die Tür wieder aufgerissen.
»Er kommt zurück«, flüsterte ich.
Er hatte einen Koffer in der Hand. Den hatte er anscheinend aus irgendeinem Grund auf der Plattform stehen gelassen. Er zwängte sich mit dem Koffer durch die Tür und trug ihn vor sich her durch den Mittelgang.
Erik zuckte resigniert die Achseln und ließ sich zurück auf den Sitz fallen. Seine einzige Chance war dahin.
Doch wir hatten Schnapp vergessen. In Helsingör hatte Erik ihn an der Bank festgebunden, und seitdem hatte er still unter dem Sitz gelegen und gezittert. Doch ausgerechnet jetzt, als der Mann mit dem Koffer vorbeikam, bemerkte Schnapp eine Fliege, die auf dem Boden jenseits des Mittelganges kroch. Da vergaß er seine Eisenbahnangst und fuhr wie ein Pfeil über den Gang, die Leine hinter sich herziehend.
Einen Sturz zu beschreiben, ist nicht einfach; aber ihr könnt euch sicherlich ausmalen, wie es aussieht – und klingt – wenn ein kräftiger Mann von ungefähr fünfzig mit Bulldoggengesicht und einem Koffer in der Hand über eine Hundeleine fällt.
Als er sich erhob, glich er einer Bulldogge mit Tollwut. Die Augen kugelten ihm beinahe aus dem Schädel. Er schrie:
»Das ist doch zum . . . wem gehört der verdammte Köter?«
Wir waren alle drei aufgesprungen. Und entschuldigten uns alle drei gleichzeitig und erklärten, was geschehen war. Schnapp saß da wie ein Häufchen Unglück und schaute zu dem Mann hinauf.

Einen Augenblick dachte ich, er würde Schnapp einen Tritt geben. Zum Glück beherrschte er sich und begnügte sich mit einem: »So ein gottverdammter Straßenköter!«
So weit, so wahr. Ein Rassehund ist Schnapp nicht, aber »Straßenköter« war ein starkes Stück. Und weil er nun beleidigt war oder weil der Mann mit dem Fuß ausgeholt hatte – jedenfalls bellte Schnapp wütend, und in der nächsten Sekunde fuhr er auf den Mann los und biß ihn in den Knöchel. – Der Mann brüllte auf. Nicht aus Schmerz, denn Schnapp beißt nur so pro forma. Nein, er brüllte vor Wut, und einen Augenblick dachte ich, er würde über uns herfallen. Vielleicht hätte er es auch getan, doch da rief ihn seine Tochter.
»Vater!« sagte sie laut, und stand wie aus dem Boden gewachsen neben ihm im Mittelgang.
Ich muß zugeben, ein hübsches Mädchen. Ungefähr fünfzehn, mit großen blauen Augen und langem blonden Haar. Natürlich sahen ihre Augen nicht aus wie Waldseen. So ein Blödsinn. Waldseen sind nicht blau, sondern schwarz.
»Diese verdammten Lümmel«, knurrte ihr Vater, machte kehrt und marschierte zu seinem Eckplatz.
Das Mädchen warf uns einen entschuldigenden Blick zu, schenkte Erik ein winziges Lächeln und folgte dem Vater.
Der Koffer lag noch auf dem Boden. Erik lief an dem Mädchen vorbei und bückte sich.
»Das mache ich schon«, sagte er diensteifrig.
Entweder war der Koffer nie richtig verschlossen gewesen oder das Schloß war aufgesprungen, als er zu Boden fiel. Denn als Erik ihn aufhob, öffnete sich der Deckel, und der gesamte Inhalt ergoß sich über den Boden.
Schnapp bellte wie verrückt. Der Vater des Mädchens fuhr hoch vom Sitz, auf den er sich eben hatte fallen lassen. Er fuchtelte mit den Armen und gurgelte, als bekäme er keine Luft. Es sah aus, als wollte er eine ganze Menge sagen, doch die Worte blieben ihm anscheinend im Hals stecken.

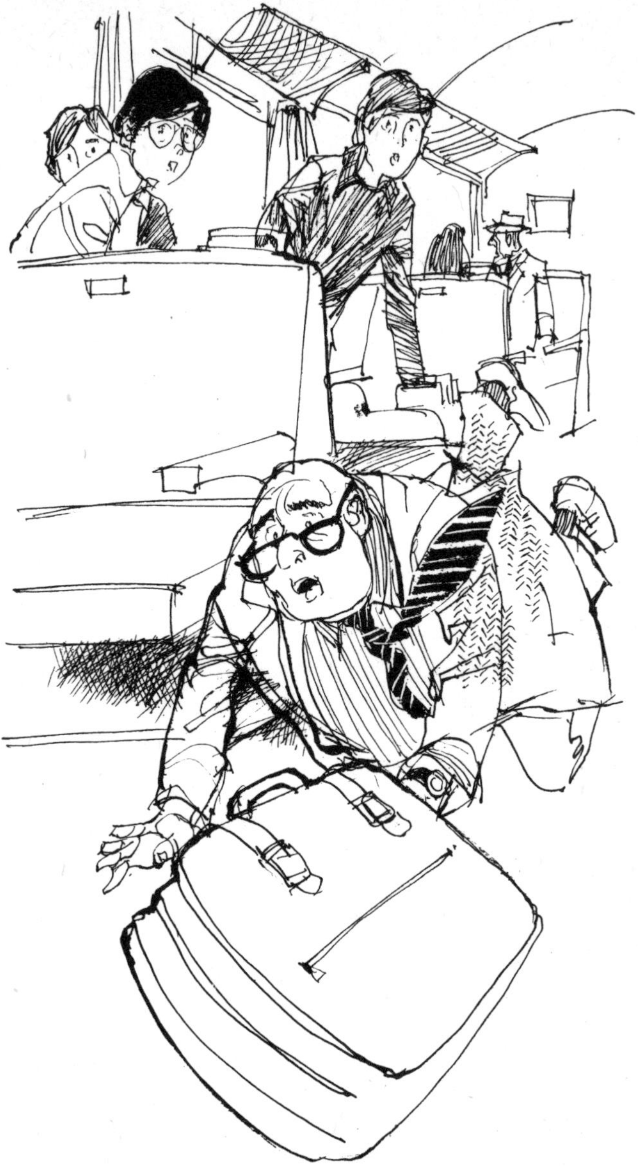

»Ach, bitte vielmals um Entschuldigung«, murmelte Erik und wurde noch um ein paar Nuancen röter, als er ohnehin schon war. Das Gesicht des Mannes war genauso rot. Er packte Erik an den Schultern und stieß ihn durch den Mittelgang.
»Verschwinde!« rief er. »So ein . . . so ein . . .«
Da er wohl keinen passenden Ausdruck fand, der seiner Wut genügt hätte, wandte er sich gegen das Mädchen.
»Britta!« fuhr er sie an. »Pack das schleunigst wieder ein!«
Er hätte es ihr nicht zu befehlen brauchen, denn sie war schon an der Arbeit. Auch sie war hochrot geworden, vielleicht weil sie sich wegen ihres unbeherrschten Vaters schämte.
Erik ließ sich mit verzweifeltem Gesicht auf seinen Platz fallen. Ich verstand ihn gut. Was sich abgespielt hatte, war ja nicht seine Schuld gewesen.
»Und wir müssen gleich aussteigen«, murmelte er.
»Die beiden sicher auch«, tröstete Brille ihn. »Wahrscheinlich hat er deshalb den Koffer geholt.«
Seine Worte belebten Erik sichtlich. Er drückte sich ganz zurück in die Fensterecke, damit das Mädchen und dessen Vater ihn nicht sehen konnten.
»Wofür hältst du ihn?« fragte er. »Steuereintreiber oder sowas?«
Ich überlegte.
»Vielleicht Personalchef in einer großen Firma oder was ähnliches«, meinte ich.
Brille stand auf und ging daran, unser Gepäck aus dem Netz zu nehmen. Noch ein paar Minuten, und wir waren angelangt.
Übrigens behielt er recht. Als der Zug hielt, stieg der Mann mit dem Mädchen aus. Jener Mann, den ich zuerst betrachtet hatte, der glatzköpfige mit der dicken Hornbrille, verließ gleichfalls den Zug. Brille, Erik, Schnapp und ich

hielten uns zurück. Wir wußten, daß der Zug vier oder fünf Minuten Aufenthalt hatte, und wir wollten es vermeiden, dem Vater des Mädchens noch einmal in die Quere zu kommen. Schnapp zog an der Leine, und Erik war hin und her gerissen zwischen dem Wunsch, dem Mädchen zu folgen, und der Abneigung, noch einmal mit dem Vater zusammenzutreffen. – Als wir endlich hinunterkletterten und auf dem Bahnsteig standen, waren Mädchen, Vater und auch der Glatzköpfige verschwunden.

3

Jedesmal, wenn das Schicksal unseren Erik ganz auf den Grund drückt, kommt er gleich darauf wieder hoch wie ein Korken. Ich kann mich nicht erinnern, ihn länger als fünf Minuten über etwas trauern gesehen zu haben. Na, sagen wir, zehn Minuten. Jedenfalls war er lange, bevor wir das Sommerhaus erreichten, in der allerbesten Laune.
Und jetzt war es Abend. Zehn Uhr vorbei. Draußen war es stockdunkel. Es stürmte, und manchmal schlug Hagel gegen die Scheiben. Aber das schreckliche Wetter machte es im Haus nur noch gemütlicher. Im offenen Kamin knisterten die Birkenscheiter, wir saßen davor und tranken Tee. Erik, Brille, Katja und ich. Schnapp lag zu unseren Füßen und schaute in die Flammen. Jedesmal, wenn das Holz knallte, erschrak er und stellte die Ohren auf. Doch er beruhigte sich sofort wieder.
»Wir können gern wetten«, erklärte Erik.
Brille und Katja hatten sich halblaut miteinander unterhalten. Jetzt wandte sie sich um und fragte:
»Um was wollt ihr wetten?«
»Ob etwas Aufregendes geschieht«, erwiderte Erik. »Ich habe nämlich so ein Gefühl. Kim aber sagt, das sei der reine Blödsinn.«

»Findest du nicht, daß du deine Aufregung schon gehabt hast?« fragte sie und lächelte. Wir hatten ihr von dem Vorfall im Zug erzählt.
Doch Erik schüttelte den Kopf.
»Ich wette trotzdem«, beharrte er.
Nur hatte niemand von uns anderen Lust, die Wette zu halten. Schnapp drehte den Kopf, schaute zur Tür und lauschte. Dann begann er unterdrückt zu knurren.
»Schon gut, alter Freund«, beruhigte ihn Erik und streichelte ihn. »Schlaf schön.«
»Vielleicht muß er hinaus«, meinte Katja.
»Das geht jetzt nicht«, gab Erik zurück. »Dann rennt er nur ums Haus und bellt und weckt die ganze Nachbarschaft.«
»Da gibts nicht viele, die er wecken kann«, wandte Katja ein. »Ich glaube, ihr seid die ersten, die in diesem Jahr hier übernachten.«
»Irrtum, meine Süße«, widersprach Erik. »Der von schräg gegenüber ist auch schon hier. Er kam mit uns im Zug.«
»Der Eierkopf mit der Hornbrille?« fragte ich.
»Genau.«
»Kennst du den? Was ist der denn von Beruf?«
»Na klar kenne ich ihn. Der wohnt schon seit Jahren hier. Jensen heißt er. Tja, sein Beruf? Komisch, das weiß ich nicht. Warum?«
»Ach, ich habe mir nur im Zug so überlegt, was er wohl sein könnte.«
Kurz darauf stand Erik auf, ging in die Küche und stellte Wasser für eine letzte Runde Tee auf, denn Katja mußte nach Hause. Während er draußen war, sträubte sich Schnapps Nackenhaar, und er führte sich ganz wild auf. Zuerst knurrte er, dann sprang er auf, lief zur Tür und kratzte daran, und dabei bellte er aus vollem Hals.
»Still, Schnapp«, rief ich. »Hör auf mit dem Getue. Was du gehört hast, ist sicher nur eine Maus.«
»Oder eine Eule«, schlug Katja vor.

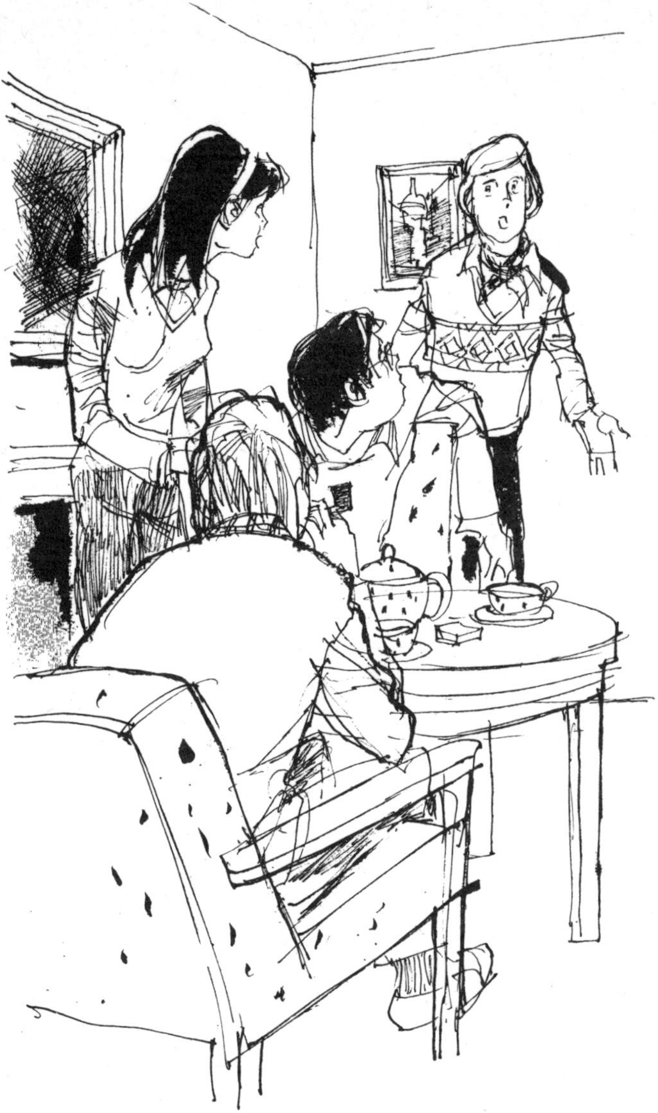

Da kam Erik aus der Küche zurück. Sein Gesicht trug einen merkwürdig gespannten Ausdruck. Er beruhigte Schnapp und ließ sich dann wieder in seinen Sessel fallen.
»Na also«, begann er. »Ein Jammer, daß wir nicht gewettet haben.«
»Wieso denn?« erkundigte sich Katja.
»Weil . . . also, hört mal . . . als ich in der Küche war, hat ein Inder zum Fenster hereingeschaut.«
»Ein Was-für-einer?« rief Brille.
»Ein Inder oder Araber oder sowas. Er hatte so einen Turnus, ihr wißt schon, auf dem Kopf. Und wenn das nicht rätselhaft ist, dann weiß ich nicht . . .«
»Du meinst einen Burnus«, verbesserte Katja.
»Nein, er meint einen Turban«, erklärte Brille. Erik schaute gereizt in die Runde.
»Vielleicht könntet ihr euch einigen, was ich meine. Ich meine so ein Ding, das die dort unten auf dem Kopf haben statt einem Hut. So weiße Lappen, die sie sich um die Birne wickeln.«
»Kann es nicht ein Verband gewesen sein?« fragte Katja.
Während wir darüber sprachen, warfen wir immer wieder Seitenblicke zu den schwarzen Fenstern. Schnapp lag noch immer an der Tür und knurrte.
»Wie ein Verband hat es nicht ausgesehen«, überlegte Erik. »Außerdem, warum sollte ein Mann mit Verband um den Kopf hier zum Fenster hereinschauen?«
»Und warum sollte ein Araber das tun?« gab Brille ihm zu bedenken.
Da pfiff der Kessel. Erik stand auf, ging hinaus und goß den Tee auf.

4

Eine Stunde später standen Katja, Schnapp und ich vor Katjas Gartentürchen.
»Nein, Kim«, erklärte sie. »Jetzt muß ich wirklich hinein. Wir stehen schon eine halbe Stunde hier.«
»Ich hab dich so lang nicht gesehen«, murmelte ich bittend.
»Natürlich. Aber wenn ich jetzt nicht hineingehe, wird mein Vater wütend. Gute Nacht, Kim!«
Ich versuchte sie festzuhalten, doch sie war schneller und warf das Gartentürchen hinter sich zu. Dann lief sie den Weg hinauf zur Villa, wo ihr Vater hinter den heruntergezogenen Jalousien saß und arbeitete. Doch auf halbem Weg blieb sie noch einmal stehen.
»Kim!« rief sie mit gedämpfter Stimme.
»Ja?«
»Paß gut auf, daß dir nichts passiert, falls du auf dem Heimweg Eriks Araber triffst!«
Sie lachte und lief die Stufen hinauf.
Schnapp zog an der Leine. Er hatte sich in der letzten halben Stunde sehr gelangweilt und wollte endlich nach Hause.
Also machten wir uns auf den Heimweg.
Ich hatte eine Taschenlampe mit, doch es war nicht nötig, sie anzuknipsen, denn das Wetter hatte inzwischen noch einmal umgeschlagen. Hinter einem leichten Wolkenschleier stand der Vollmond am Himmel und leuchtete. Außerdem hatte ich mich inzwischen an die Dunkelheit gewöhnt und brauchte wirklich kein anderes Licht. Meine Füße waren naß, und ich begann mich heftig nach dem warmen Kamin zu sehnen.
Ja, die Idee, übers Wochenende hierher zu fahren, war wirklich ausgezeichnet gewesen. Das würden wir jetzt öfter tun, falls wir Erlaubnis bekämen. Auf die Art brauchte

ich mich nicht so lange nach Katja zu sehnen. Natürlich hatte das Reisegeld ein großes Loch in unser Taschengeld gerissen, aber nächstesmal konnten wir mit dem Rad fahren. Tatsächlich, das war die Lösung des finanziellen Problems.
Es kam mir seltsam vor, daß ich hier im Fischerort war und Onkel und Tante nicht begrüßen konnte. Sonst wohnte ich in den Ferien doch immer bei ihnen. Aber sie waren nach Italien gefahren und kamen erst in vierzehn Tagen zurück. Als wir von der Station zu Eriks Sommerhaus gingen, hatte ich ihr leeres Haus gesehen. Natürlich wußte ich, daß sie verreist waren, aber der Anblick gab mir trotzdem einen Riß. Das Haus wirkte so verlassen, so merkwürdig einsam, so als fröre es. Klar weiß ich, daß ein Haus nicht frieren kann. Aber manchmal sieht eines doch so aus, als täte die Kälte ihm weh.
Wir hatten Eriks Haus fast erreicht.
Plötzlich blieb Schnapp stehen. Er hatte irgend etwas neben einem der Gärten gesehen. Ich schaute in die Richtung.
»Beruhige dich, alter Knabe«, sagte ich zu ihm. »Das ist nur ein großer Bovist. Komm schon. Wir wollen heim und ins Warme.«
Er ging bereitwillig mit, und ich überlegte mir im Weitergehen, daß wir morgen hierher kommen und den Bovist pflücken könnten. Ihr kennt sicher diese großen, weißen, kugelrunden Pilze, die meist auf Wiesen wachsen. Wenn sie alt sind, und man tritt auf sie drauf, platzen sie und sind lauter Staub. Aber wenn sie jung und fest sind, schmecken sie ausgezeichnet. In den Herbstferien hatten wir an eben dieser Stelle eine ganze Menge Boviste gefunden, hatten sie gepflückt und in Scheiben geschnitten, Katja hatte sie in Ei und Semmelbrösel getaucht und in der Pfanne gebraten. Natürlich schmeckten sie hauptsächlich nach Ei und Semmelbrösel, aber es machte Spaß, uns von etwas zu ernähren, das wir selbst gefunden hatten. Manche Boviste

waren ziemlich groß gewesen, so wie der, den Schnapp
eben entdeckt hatte. Fast so groß wie ein Kopf. So groß
wie . . .
Halt, da stimmte doch etwas nicht! In den Herbstferien
hatten wir die Boviste gefunden. Also im Oktober. Und
jetzt war es April. Seit wann wachsen im April Pilze?
Schnapp zog an der Leine. Jetzt hatte *er* es mit dem Heim-
kommen eilig.
»Wart mal«, rief ich ihm zu. »Wir gehen schnell zurück
und sehen uns den Bovist an.«
Schnapp betrachtete mich, als verstände er, was ich sagte.
Genau so schaue ich manchmal meinen Mathematiklehrer
an, wenn er uns etwas erklärt.
Ihr braucht nicht zu glauben, daß ich sonderlich mutig bin.
Eigentlich ging ich das Stückchen mehr aus Neugierde zurück. Vielleicht war das Weiße ein Ball, ein großer, weißer
Wasserball, der seit dem Herbst da lag. Oder etwas Ähnliches. – Aha, jetzt sah ich das Ding wieder. Schnapp lief
zwischen die Bäume und darauf zu, und ich folgte ihm. Da-
bei zog ich die Stablampe aus der Tasche.
»Wart ein bißchen, Schnapp«, sagte ich. »Ich mache nur
eben deine Leine los. Die hat sich um den Baum gewik-
kelt.«
Als ich ihn befreit hatte, knipste ich die Lampe an und be-
leuchtete das Ding, das ausgesehen hatte wie ein Bovist.
Ha! Das war ja Eriks Araber! Nein, natürlich war es kein
Araber und auch kein Inder. Wieder einmal hatte Katja
recht gehabt, als sie sagte, es könne ein Mann mit einem
Kopfverband gewesen sein. Er lag lang ausgestreckt da, das
Gesicht in den weichen, klatschnassen Waldboden ge-
drückt.
Schnapp beschnupperte ihn und schaute zu mir hoch.
Es gelang mir, den Mann auf den Rücken zu drehen. Er lag
unbeweglich, die Augen geschlossen, aber ich sah sofort,
tot war er nicht. Bewußtlos, ja; sein Atem ging zwar

schwach, aber regelmäßig. Oder vielleicht schien es mir nur, daß sein Atem schwach war. Der Wind rauschte in den Bäumen, da ließ sich das schwer beurteilen.
Ich faßte den Mann unter den Achseln und wollte ihn zum Weg hinausziehen. Doch da fiel mir noch rechtzeitig ein, daß man mit einem Verwundeten so nicht umgehen darf. Er könnte ja innere Verletzungen haben. Außerdem war er schrecklich schwer. Also ließ ich ihn liegen und lief mit Schnapp schnell zurück ins Sommerhaus.
Erik und Brille saßen noch immer am Kaminfeuer. Als ich die Türe heftig aufriß, fuhren sie mächtig zusammen.
»Heda!« rief Erik. »Ist das eine Art, friedliche Leute zu erschrecken?«
»Mir ist beinahe das Herz stehen geblieben«, pflichtete Brille bei. »Was ist denn . . .?«
»Dort drüben liegt ein Bewußtloser«, keuchte ich und deutete in die Richtung. »Wahrscheinlich ist das der, den du

gesehen hast, Erik. Er hat einen weißen Kopfverband. Wir müssen ihn hereinbringen und einen Krankenwagen rufen.«
Zu dritt und mit einer großen Wolldecke gelang es uns, den Mann schonend ins Haus zu bringen; weit war es ja zum Glück nicht. Wir legten ihn auf ein Sofa und betrachteten ihn und überlegten, was nun zu tun war. Wo war denn das nächste Telefon?
»Ich laufe in den Hafen, dort gibt es eine Telefonzelle«, schlug ich vor.
Da begann sich der Mann zu rühren.
Brille hielt mich zurück.
»Wart einen Augenblick. Ich glaube, er kommt zu sich.«
Der Mann schlug die Augen auf und schaute uns verständnislos an. Es war deutlich zu sehen, daß er weder uns noch seine eigene Lage einordnen konnte. Wo war er, und wie war er hierher gekommen?

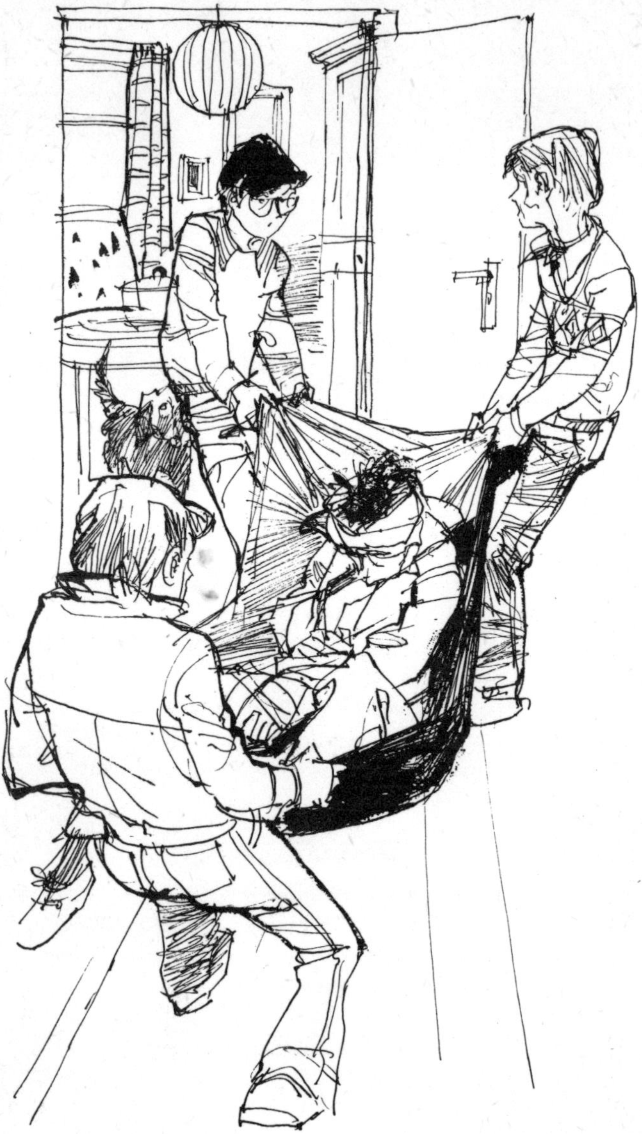

»Wir haben Sie drüben am Wald gefunden«, erklärte ich ihm. »Ich laufe jetzt schnell und verständige . . .«
»Nein . . .«, sagte er. Er nahm alle seine Kräfte zusammen und richtete sich auf einem Arm auf. »Nein, ihr dürft das niemandem mitteilen. Ihr dürft nicht telefonieren. Hört ihr!«
»Aber Sie brauchen doch einen Arzt«, wandte Erik ein.
»Nein!« rief der Mann mit schwacher Stimme.
Offensichtlich war das alles für ihn zu viel gewesen. Er schien wieder einer Ohnmacht nahe zu sein. Seine Stimme wurde deutlich schwächer:
»Nein . . . ihr dürft niemanden anrufen. Weder den Arzt noch . . .«
»Noch . . . wen?« fragte Brille, um ihm weiterzuhelfen.
»Noch die Polizei.«
Das letzte Wort flüsterte er nur noch. Dann wurde er wieder bewußtlos.
Brille, Erik und ich schauten einander zweifelnd an. Was sollten wir tun?
»Was mag der denn angestellt haben?« überlegte Erik.
»Können wir es verantworten, ihn ohne Arzt zu lassen?« wandte ich ein.
»Wenn er selbst doch keinen will.«
»Ob er weiß, wie schwer seine Verletzung wohl ist?«
Der Mann war unrasiert. Seine Kleider waren zerdrückt und schmutzig. Er sah aus, als hätte er ein paar Tage nichts zu essen bekommen. Vermutlich war er vor Hunger und Erschöpfung ohnmächtig geworden. Doch – wer war er? Ein Landstreicher sicher nicht. Das zeigten seine Kleider. Das Hemd war zwar schmutzig, weil es mit dem nassen Waldboden in kräftige Berührung gekommen war, doch es war neu.
»Ich glaube, der braucht nichts als Schlaf«, urteilte Brille.
»Könnten wir ihn nicht zu Bett bringen?«

Es fiel uns schwer, einen Entschluß zu fassen. Wir hatten ja keine Ahnung, wie schwer verletzt und womöglich krank der Mann war. Der Kopfverband bestand nicht aus Gaze, sondern aus abgerissenen Leinwandstreifen. Möglicherweise hatte der Mann ihn selbst angelegt. Woher sollten wir wissen, wie schwer seine Kopfverletzung war? Ich neigte dazu, trotz allem einen Arzt zu holen.
Doch Erik und Brille überstimmten mich. Sie sagten, da der Mann sich einen Arzt verbeten habe, sollten wir ihn erst mal eine Nacht schlafen lassen und morgen weitersehen. Ging es ihm dann noch immer nicht besser, würden wir den Arzt verständigen.
Also trugen wir den Mann mit Hilfe der Decke ins Schlafzimmer und legten ihn auf das Bett von Eriks Vater. Wir lösten alle beengenden Knöpfe und deckten ihn mit Wolldecken und einem Daunenbett gut zu, löschten das Licht, schlossen hinter uns die Tür und setzten uns wieder an den Kamin.
»Mir scheint, du hast recht gehabt, Erik«, meinte ich.
Er nickte.
»Sicher war er das am Fenster. Aber was tun wir jetzt mit ihm? Was kann er denn angestellt haben, daß er sich vor der Polizei fürchtet? Er sieht nicht aus wie ein Verbrecher.«
»Ich schlage vor, wir kriechen in die Schlafsäcke und besprechen das morgen früh weiter«, sagte Brille und gähnte.
Da meldete sich Schnapp wieder. Er sträubte das Fell und knurrte. Wir hörten schwere Schritte auf dem kiesbedeckten Gartenweg. Die Schritte näherten sich dem Haus. Schnapp sauste zur Tür und bellte wie verrückt.
Es klopfte. Hartes, Einlaß forderndes Hämmern.
Erik, Brille und ich blickten einander an. Dann stand Erik auf, ging zur Tür und öffnete.
Es war Larsen. Der Polizist des Fischerortes.

Er betrachtete uns mißmutig.»Und was in Teufels Namen macht ihr drei Schlingel um diese Jahreszeit hier oben?« fragte er.

5

Jeder, der die anderen KIM-Bücher gelesen hat, weiß, daß Larsen ein prima Kerl ist. Heute aber schien er ausnahmsweise in übler Laune zu sein. Außerdem waren wir nicht sonderlich glücklich, ihn hier zu sehen – ausgerechnet jetzt, da wir einen Mann beherbergten, der sich vor der Polizei versteckt hielt.
Doch wir durften uns nichts anmerken lassen. Ja nichts tun, das sein Mißtrauen erwecken könnte . . . Deshalb taten wir, als freuten wir uns über seinen Besuch. Wir sprangen auf, Erik warf die Arme hoch und rief:
»Das ist aber nett! Wollen Sie nicht hereinkommen?«
»Setzen Sie sich und trinken Sie eine Tasse Tee mit uns«, fügte Brille hinzu.
Larsen trat ein und schloß hinter sich die Türe. Schnapp sprang an ihm hoch und wollte gestreichelt werden. Larsen tätschelte ihm den Kopf und sagte:
»Hm ja, es ist wirklich kalt und ungemütlich draußen. Aber nur eine einzige Tasse. Ich bin schon auf dem Heimweg . . . Also hat man euch drei Schlingeln erlaubt, ganz allein herauszufahren?«
Er knöpfte seinen Mantel auf und ließ sich in einen Sessel fallen.
Ich nahm den Teewärmer ab und goß ihm eine Tasse ein.
»Der hat wohl ein bißchen zu lang gezogen«, meinte ich. »Er ist ganz schwarz.«
»Macht nichts«, erklärte Larsen. »Ich mag starken Tee.«
Er nahm drei Löffel Zucker, rührte nachdenklich um und starrte dabei in die Flammen.

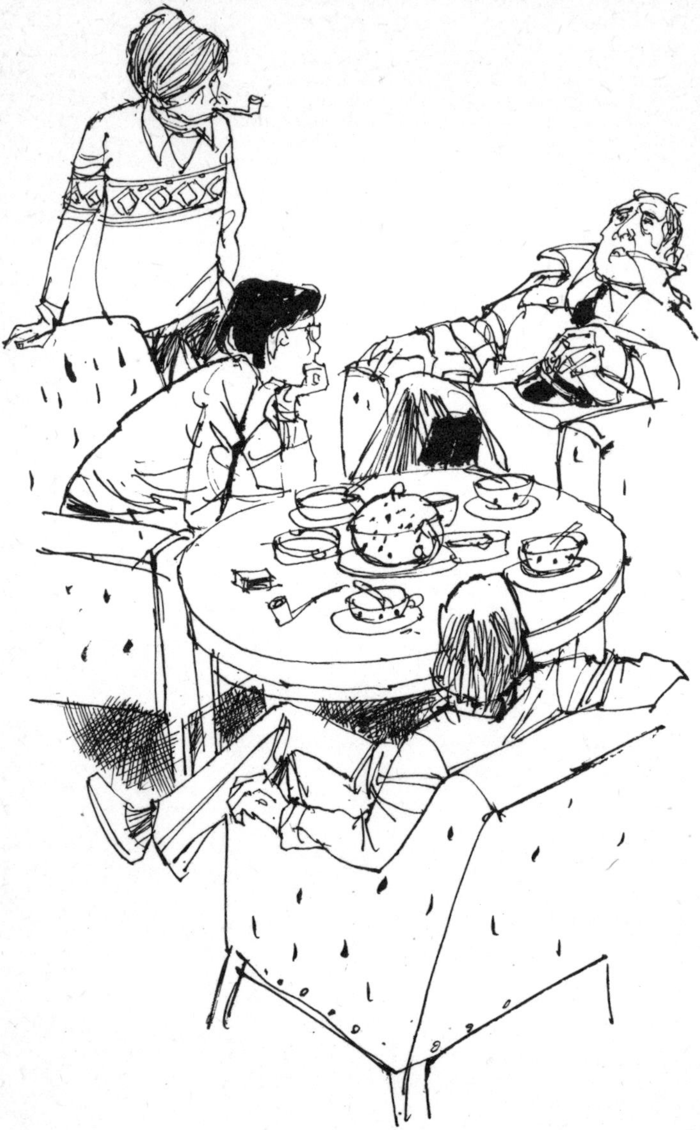

»Wie geht's denn so«, fragte ich, um auch etwas zur Gemütlichkeit beizutragen.
Er zuckte die Achseln.
»Alles beim Alten. Im Winter ist hier nicht viel los.«
»Und Ihre Schwester? Wie geht es ihr?« fragte Erik höflich. Larsen lächelte schief.
»Seit wann interessierst du dich für das Befinden meiner Schwester, Bürschchen? Übrigens geht es ihr ausgezeichnet. Sie ist völlig unverändert.«
Sein letzter Satz klang etwas bitter. Vermutlich hatte sie ihm eine Szene gemacht, ehe er von zu Hause fortging. Daher wohl auch seine schlechte Laune.
»Wieso sind Sie zu uns gekommen? Ich meine . . .«
»Was meinst du?«
»Ich meinte nur: sind Sie auf Patrouille hier vorbeigekommen?
»Tja, man kann es so nennen. Ich bin völlig überflüssig ein paar Stunden lang durch die Gegend gelaufen. Und als ich hier vorbei kam, sah ich Licht.«
»Weswegen sind Sie denn durch die Gegend gelaufen?« fragte Brille.
Larsen überlegte kurz, ehe er antwortete. Natürlich ging es uns nichts an. Er nahm einen Schluck von dem warmen Tee.
»Na ja, ich kann es euch wohl erzählen. Ich habe einen Burschen gesucht, der der Polizei in Kopenhagen durchgegangen ist. Es wird vermutet, daß er sich hier irgendwo versteckt hält. Angeblich wurde er gesehen, von einem Streifenwagen. Ich bin nicht ganz sicher, ob es wirklich der Kerl war, doch deutet immerhin einiges darauf hin.«
»Was hat er denn angestellt?« fragte ich.
»Eine Briefmarke gestohlen.«
Erik grinste.
»Heiliger Strohsack, das tun doch viele. Wenn man alle Leute, die je eine Briefmarke geklaut haben, in einer Reihe

aufstellt, reicht die Schlange bestimmt siebenhundertsiebenundsiebzigmal um die Erde, das heißt, falls man die Leute dazu bringt, so lang stehenzubleiben. Eine Briefmarke! Na, wissen Sie, wenn der nicht mehr . . .«
Er zog seine Börse aus der Hosentasche, durchwühlte sie und reichte Larsen eine Briefmarke zu 25 Öre.
Auf Larsens Gesicht erschien die Andeutung eines Lächelns.
»Nicht so eine, du Schafskopf. Die Marke, die der Kerl geklaut hat, ist auf 37000 Kronen versichert.«
Erik stieß einen langgezogenen Pfiff aus.
»Das muß ja allerhand Briefmarke sein«, meinte er anerkennend.
»Ist auch nicht größer als die da«, brummte Larsen. »Ich weiß nicht mehr, aus welchem Land sie stammt. Wenn ihr mich fragt, ich finde es verrückt, wenn die Leute für ein Fetzchen Papier so viel Geld bezahlen. Aber das ist ihre eigene Sache. Hier kommt es nur darauf an, daß die Briefmarke gestohlen wurde, und daß man den Dieb hier in der Gegend gesehen hat.«
»Und weiß man sicher, wer der Täter ist?« fragte ich.
Larsen zuckte die Achseln.
»Wohl schon, sonst würde man ihn nicht verfolgen. Und weshalb würde er ausbrechen, wenn er nicht der Täter ist? Übrigens weiß ich von dem Fall sonst weiter nichts.«
»Wie ist denn die Personenbeschreibung? Falls wir ihm morgen begegnen?« fragte Erik unbetont.
»Ungefähr 35«, gab Larsen Auskunft. »Vielleicht 175 groß, mittelkräftig. Dunkles Haar.«
»Keine besonders ergiebige Personenbeschreibung«, meinte Brille. »Die kann auf jeden Dritten passen. Es ist mir unklar, wie die Polypen . . . äh . . . die Polizisten im Streifenwagen ihn danach erkennen konnten.«
»Ich habe etwas zu erwähnen vergessen«, sagte Larsen und leerte seine Tasse. »Als er flüchtete, sprang er über eine

Mauer oder sowas. Dabei muß er sich den Kopf verletzt haben. Jedenfalls fand man beträchtliche Blutspuren.«
»Na und?« warf ich ein, um ihn zum Weiterreden zu bringen.
»Na, der Mann, den die Leute im Streifenwagen gesehen haben, trug einen Kopfverband. Deshalb sind sie auf die Idee gekommen, er könnte es sein. Und als er dann im Wald verschwand, waren sie sich ihrer Sache sicher.«
Er erhob sich.
»Danke für den Tee. Und Gute Nacht. Seid schön brav und stellt nichts an!«
»Hm.« Erik räusperte sich. »Aber weshalb sind Sie so schlechter Laune? Doch nicht wegen dem Briefmarkendieb?«
»Falls du es wirklich wissen willst«, knurrte Larsen. »Dieser Kerl hat mir einen Angelausflug kaputt gemacht. Ich wollte morgen mit ein paar Freunden ausfahren und übers Wochenende bleiben. Doch weil er sich hier in der Gegend rumtreibt, hat meine Schwester Angst, allein im Haus zu bleiben. Wenn ich ihn nicht bis morgen mittag finde, ist mein Ausflug im Eimer. Was geht's euch übrigens an, wie ich aufgelegt bin!«
Er marschierte zur Tür hinaus und schloß sie ziemlich laut hinter sich. Wir hörten ihn über den Kies stapfen, dann fiel das Gartentürchen mit Knall ins Schloß.
»War das falsch von uns, daß wir ihm nichts gesagt haben?« überlegte ich.
»Natürlich war es falsch«, erklärte Brille. »Andererseits haben wir dem Mann versprochen, ihn nicht zu verraten.«
»Versprochen haben wir gar nichts. Es ist nur, daß mein Gefühl mir sagt, der Mann ist unschuldig.«
»Aber wenn er unschuldig ist – warum versteckt er sich dann vor der Polizei? Warum ist er zunächst überhaupt abgehauen?« bohrte Brille weiter.

Erik stand auf und streckte sich.
»Ich bin schläfrig«, murmelte er. »Vielleicht ist er morgen früh bei Bewußtsein. Dann soll er uns doch selbst erzählen, was sich da zugetragen hat.«

6

»Werdet ihr endlich aufwachen, ihr Schlafmützen!«
Katja stand neben uns und schüttelte uns; was blieb uns also übrig, als aufzuwachen. Es war Morgen, und in der Hand hielt sie eine große Tüte mit frischen Brötchen. Und mit der anderen, wie gesagt, schüttelte sie uns.
Ich richtete mich auf dem Ellbogen auf.
»Psst! Nicht so laut, du weckst ja unseren Gast.«
Sie betrachtete mich verblüfft.
»Was für einen Gast denn?«
Und nun erzählten wir ihr alle auf einmal, was am Abend zuvor, nachdem ich sie nach Hause gebracht hatte, vorgefallen war.
Katja mag es gern, wenn aufregende Sachen passieren. Ihre Augen erstrahlten in jenem Glanz, den ich so gut von früheren Fällen her kenne, ja, vielleicht strahlten sie diesmal noch etwas mehr. Denn hier drehte es sich um einen Mann, der von der Polizei verfolgt wurde, der verletzt und vor Erschöpfung ohnmächtig war, und den sie wahrscheinlich sofort für unschuldig hielt.
Ich kann's nicht genau sagen, doch ich glaube, in jedem Mädchen steckt eine Krankenschwester oder ein Mutterherz oder was weiß ich.
»Wo ist er denn? Ich glaube einfach nicht, daß er der Täter ist.«
Erik grinste.
»Immer langsam mit den jungen Pferden. Woher willst du das wissen? Übrigens liegt er im Bett von meinem Vater.«

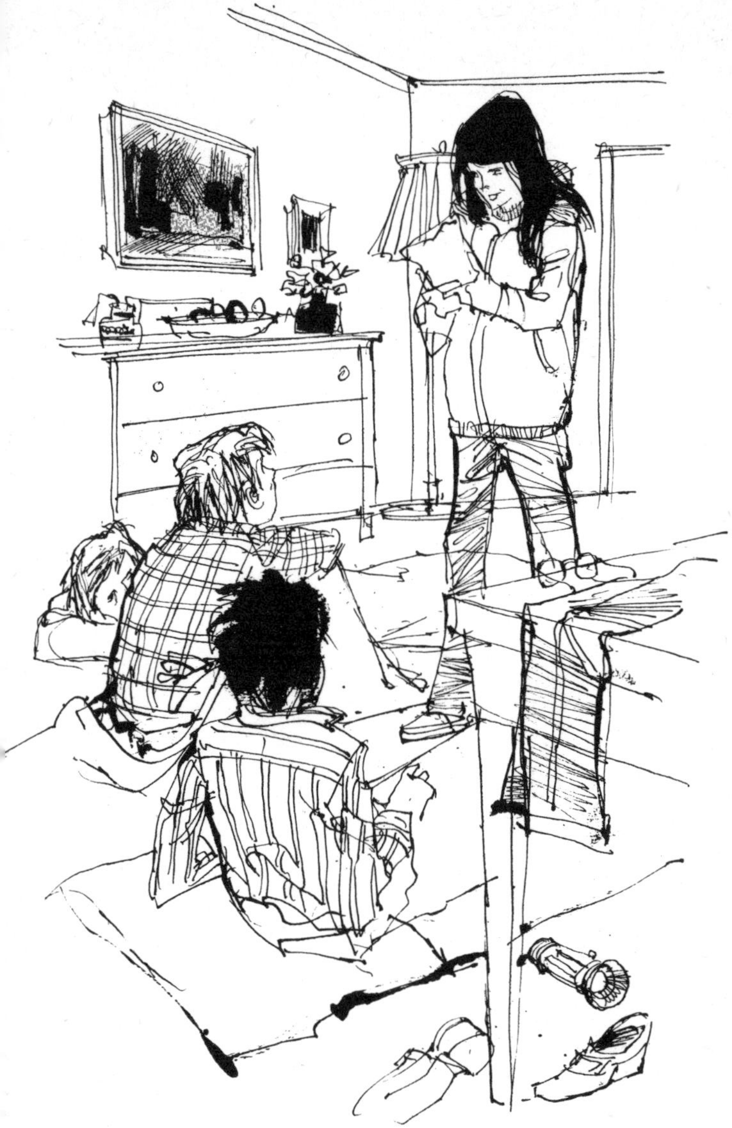

»Kim«, rief sie. »Ich gehe in die Küche, setze Wasser auf und richte das Frühstück. Du kannst mitkommen und mir helfen. Ihr versucht ihn inzwischen zu wecken.«
Erik zog die Brauen hoch und sah zu mir herüber.
»Ach, Kim, endlich haben wir führerlosen Schäfchen nach all den Jahren einen Boß bekommen! Wie mir das gefehlt hat!«
»Verschwinde«, rief Katja und lief mit der Brötchentüte in die Küche.
Als Katja und ich Kaffee gekocht und viele Butterbrote und Butterbrötchen geschmiert und einen Kuchen aufgeschnitten hatten und endlich die Tür zum Wohnzimmer öffneten, blieben wir erstaunt stehen. Drüben am Kamin, gegenüber von Erik und Brille, saß der Mann mit dem Kopfverband.
Erik hatte im Kamin eingeheizt, denn der Morgen war kalt, obwohl draußen die Sonne schien. Er hatte den Tisch vors Feuer geschoben, damit wir dort in der Wärme frühstücken konnten. Der Mann wandte den Kopf und sah uns an.
»Der dort hat Sie gefunden«, erklärte Erik und deutete auf mich. »Und die neben ihm heißt Katja. Eine von den vielen, die uns immerzu nachrennen.«
Der Mann lächelte leicht, wurde aber sofort wieder ernst. Er wirkte zwar noch immer kränklich und mitgenommen, doch im Gesicht hatte er jetzt ein wenig Farbe.
»Nett von euch, daß ihr euch gestern meiner angenommen habt«, begann er. »Deine Freunde haben mir erzählt, daß die Polizei hier war.«
»Ja. Aber wir haben nichts verraten«, erwiderte ich.
»Warum nicht?«
»Weil ich . . . weil wir . . . nun, wir dachten, wir wollten erst mit Ihnen sprechen.«
»Das war sehr nett von euch«, sagte der Mann dankbar. »Ihr müßt wissen, man beschuldigt mich einer Sache, mit

der ich nichts zu tun habe. Ich verlange nicht, daß ihr mir glaubt, doch ich sage die reine Wahrheit.«

Katja teilte die Tassen aus und goß den Kaffee ein. Erik erwiderte: »Aber wenn Sie es nicht getan haben... ich meine, wenn nicht Sie es waren, der die Briefmarke geklaut hat, von der Larsen erzählt hat, warum sind Sie dann ausgerissen? Das legen die natürlich sofort als Beweis für ein schlechtes Gewissen aus.«

»Jetzt wird erst gefrühstückt«, schlug Katja vor. »Ich könnte mir denken, daß Sie hungrig sind. Stimmt's?«

Er nickte.

»Ich habe schon ein paar Tage lang nichts Richtiges zu essen oder trinken bekommen. Wahrscheinlich ist das der Grund, daß ich gestern bewußtlos wurde.«

Als Weißbrot, Brötchen und Kuchen verschwunden waren und der Mann sich eine zerknautschte Zigarette angezündet hatte, begann er mit seinem Bericht.

»Zuerst muß ich mich wohl vorstellen. Ich heißt Ejlif Andersen. Ich bin... besser gesagt, war, als Hilfskraft bei einem Briefmarkenhändler namens Axel Jensen in Kopenhagen beschäftigt. Dieser hat vor ein paar Wochen eine äußerst wertvolle Briefmarke aus Kapstadt gekauft. Der Katalogpreis liegt ungefähr bei vierzigtausend Kronen, doch er erhoffte sich mehr, falls er den richtigen Käufer fände. Nun, um es kurz zu machen, diese Briefmarke wurde vorigen Sonntag gestohlen. Dienstag darauf wurde ich verhaftet und des Diebstahls beschuldigt. Ich habe keine Ahnung, wer der Dieb sein kann. Ich bin es jedenfalls nicht.«

»Und warum hält man Sie dafür?« fragte ich.

»Weil nur Axel Jensen und ich von der Existenz der Marke wußten. Und weil wir die einzigen sind, die den Code des Safes und den Code an der Eingangstür, der den Alarm ausschaltet, kennen. Ihr müßt wissen, es war kein Einbruch, die Schlösser waren intakt. Auch das Fenster war

nicht eingeschlagen, und es war von innen verriegelt. Der Täter muß den Code der Eingangstür und den Code des Safes gekannt haben. Ich verstehe das alles nicht, ich kann nur wiederholen, ich war es nicht.«
»Aber warum sind Sie dann geflohen?« fragte Katja.
»Die ersten Tage in der Untersuchungshaft grübelte ich ununterbrochen. Schließlich bin ich seit fast fünfzehn Jahren in dem Geschäft angestellt und war mit meiner Arbeit immer sehr zufrieden. Bin mit dem Besitzer ausgezeichnet ausgekommen. Und während ich so dasaß und grübelte, kam mir zu Bewußtsein, daß mir nur eines wichtig ist, nämlich daß *er* mich nicht verdächtigt. Ich floh, weil ich mit ihm sprechen wollte, und ich wollte ihn zu überzeugen versuchen, daß nicht ich der Täter bin. Der Gedanke, er könnte mich verdächtigen, war mir unerträglich.«
»Einen Augenblick«, warf Brille ein. »Hat *er* Sie angezeigt?«
»Das halte ich für unmöglich. Er weiß, daß er sich auf mich verlassen kann. Nein, vermutlich ist die Polizei zu dem Schluß gekommen, ich müsse es gewesen sein.«
»Aber nur er und Sie kannten die Zahlenkombinationen für die Tür und den Safe? Sonst wirklich niemand?«
Der Mann schüttelte den Kopf. »Sonst bestimmt niemand. Deshalb ist das Ganze ja so mysteriös.«
»Aber warum sind Sie ausgerechnet hierher gekommen?« fragte Brille.
»Weil er hier ein Sommerhaus hat. Als ich aus dem Arrest floh, versteckte ich mich erst ein paar Tage in Kongelund. Auf der Flucht hatte ich mich am Kopf verletzt, also mußte ich ein Hemd nehmen, das dort auf einer Leine zum Trocknen hing. Es war ein altes Hemd, und ich riß es in Streifen und verband mich selbst, so gut es ging. Es ist nicht weiter schlimm, nur eine Platzwunde. Ein paar Tage später rief ich von einer Telefonzelle aus die Privatwohnung von meinem Chef an, und da sagte die Frau, die für ihn putzt – er ist

nämlich Witwer –, daß er ins Sommerhaus gefahren sei. Und wo das ist, wußte ich. Ein Auto hat mich bis Helsingör mitgenommen; den Leuten habe ich etwas von einem Verkehrsunfall erzählt, das erklärte den Kopfverband. Das letzte Stück bin ich zu Fuß gegangen. Ich wußte, in welcher Straße das Haus liegt, doch als ich hierher kam, war nur in einer einzigen Villa Licht, in eurer nämlich. Ich habe zum Fenster hineingeschaut.«
»Ja, ich habe Sie gesehen«, sagte Erik. »Ich hielt Sie für einen Inder oder Araber oder so was.«
Wieder lächelte der Mann leicht.
»Hoffentlich habe ich dich nicht gar zu sehr erschreckt. Nun, als mir dann klar war, daß dies nicht sein Sommerhaus sein konnte und daß ich vielleicht den ganzen weiten Weg vergebens gemacht hatte, wurde mir plötzlich schlecht, und dann muß ich wohl ohnmächtig geworden sein. Das nächste, was ich weiß, ist, daß ich hier im Haus erwachte, und ihr euch über mich beugtet.«
Erik runzelte die Stirn.
»Ein Briefmarkenhändler, wer kann das nur sein? Und er wohnt hier an diesem Weg?«
»Ja.«
»Hier ist niemand . . . ah! Ein Mann mit einer großen Hornbrille?«
»Genau«, rief der Mann eifrig.
»Und mit einem Kopf, der aussieht wie ein Ei?« fragte ich weiter.
»Tatsächlich. Dann kennt ihr ihn also? Wißt ihr, ob er hier ist?«
»Ja, er ist hier«, rief ich. »Wir sind gestern nachmittag mit ihm im Zug herausgefahren. Ich habe auch bemerkt, daß er in seinem Haus das Licht früh gelöscht hat. Er wohnt nämlich direkt gegenüber.«
»Dann muß ich gleich hinüber und mit ihm sprechen . . . danke für den Kaffee . . .«

Er stand auf, taumelte jedoch und mußte sich an der Sessellehne festhalten, um nicht zu fallen. Erik kam ihm zu Hilfe.
Der Mann lächelte verlegen.
»Ich . . . ich bin wohl noch nicht ganz fit. Muß mich erst noch ein bißchen ausruhen.«
»Sind Sie sicher, daß Sie sich nicht eine Gehirnerschütterung geholt haben?« fragte Katja besorgt.
»Ich weiß es nicht«, murmelte er. Er war jetzt wieder ganz blaß.
Uns war klar, daß wir ihn rasch zu Bett bringen mußten, sonst wurde er uns wieder ohnmächtig.
Wir stützten ihn, und er schleppte sich ins Schlafzimmer. Dort fiel er aufs Bett.
»Tut mir leid, daß ich euch solche Geschichten mache«, murmelte er.
»Reden Sie nicht davon«, wehrte Erik ab. »Sie müssen jetzt schön liegen bleiben und ausruhen. Am besten wäre, Sie könnten eine Weile schlafen.«
»Und ihr verständigt nicht die Polizei?«
»Aber keine Spur«, versicherte Erik. »Wir glauben Ihnen, wenn Sie sagen, Sie waren es nicht. Das wäre doch lumpig von uns, wenn wir Sie verrieten!«
Als der Mann in einen tiefen Schlaf gefallen war und regelmäßig atmete, setzten wir vier uns wieder vor den Kamin. Wir sprachen leise, damit er nichts verstand, falls er plötzlich erwachte.
»Was haltet ihr davon?« fragte Brille.
»Ich glaube ihm«, rief Katja sofort.
»Hm, ich eigentlich auch«, räumte Brille ein. »Nur, wenn er es nicht war, wer sonst?«
»Der Briefmarkenhändler selbst«, meinte ich. »Das kann man sich am kleinen Finger ausrechnen. Da doch nur die beiden den Code kannten. Wenn unser Mann es nicht war, dann bleibt nur der Besitzer übrig.«

»Nein, jetzt hör mal zu«, rief Erik. »Warum um Himmels willen sollte jemand sich selbst eine Briefmarke stehlen? Das ist doch das Blödsinnigste, was ich jemals . . . hoppla, jetzt verstehe ich. Du denkst an die Versicherung?«
Ich nickte.
»Ja, genau das. Wißt ihr denn nicht mehr, was Larsen gesagt hat? Die Marke ist auf siebenunddreißigtausend Kronen versichert! Falls nun der Mann die Marke versteckt hat und tut, als wäre sie geklaut, dann bekommt er die Versicherungssumme ausbezahlt. Und später verkauft er die Marke zu einem guten Preis an irgendeinen Kunden, vielleicht im Ausland. Vielleicht durch einen Strohmann. Gar so schwierig ist das nicht. Wie gut kennst du ihn, Erik?«
»Beinahe gar nicht. Einmal habe ich einen Fußball in seinen Garten geschossen, da ist er herausgekommen und hat geschimpft. Aber deswegen braucht er ja noch kein Verbrecher zu sein.«
»Wir müssen das unbedingt aufklären«, sagte Katja.
»Das wird, fürchte ich, nicht so leicht sein«, meinte Erik. »Ja, falls es sich um einen Lokomotive handelte oder um einen Elefanten . . . aber eine Briefmarke!!«

7

Nun habe ich schon viele Seiten lang nichts von Britta berichtet, dem blonden Mädchen im Zug. Aber vergessen habt ihr sie wohl nicht. Erik hatte das jedenfalls nicht getan, selbst wenn es so aussehen könnte. Es war ja inzwischen so viel geschehen. Er hatte am Freitagabend ein paarmal Anfälle von Geistesabwesenheit gehabt, doch erwähnt hatte er Britta nicht.
Wir, Erik und ich, gingen in den Ort, um fürs Mittagessen einzukaufen. Wir gingen schweigend und in Gedanken

versunken nebeneinander her. Meine Gedanken befanden sich bei dem Fall und der gestohlenen Briefmarke, Eriks Gedanken jedoch gingen offenbar in eine andere Richtung, denn plötzlich sagte er: »Das schlimmste an hübschen Mädchen ist immer, daß sie Eltern haben.«
»Auch häßliche Mädchen haben das«, gab ich zu bedenken.
»Schon. Aber die Eltern von den hübschen Mädchen sind immer die ärgsten. Hast du das noch nie bemerkt? Der Kerl von gestern zum Beispiel . . .«
»Ach, laß den doch«, murmelte ich.
»Das kannst du leicht sagen. Dein Mädchen ist es ja nicht.«
»Deines doch auch nicht. Wir wissen nicht mal, wo sie wohnt.«
»Vielleicht treffen wir sie jetzt«, meinte er voller Hoffnung.
Wir trieben uns ziemlich lange im Fischerort herum, waren auch unten im Hafen und draußen auf der Mole, doch von dem blonden Mädchen war nicht das geringste zu sehen. Mir war das egal. Ich hatte nichts anderes im Sinn, als zu beweisen, daß der Mann zu Hause unschuldig war. Besser gesagt, zu beweisen, daß der Briefmarkenhändler selbst die kostbare Marke genommen hatte.
»Wie wär's, wenn wir sein Haus durchsuchten?« schlug ich vor.
Erik zuckte die Achseln.
»Selbst wenn wir irgendwie hineinkämen – es gibt doch Millionen Stellen in einem Sommerhaus, wo man eine Briefmarke verstecken kann.«
»Eine Million sicher nicht«, berichtigte ich. »Der Haken ist nur, daß man nicht sicher weiß, ob er die Marke mit hierher genommen hat. Ich halte es für wahrscheinlicher, daß sie in seiner Stadtwohnung versteckt ist.«
»Wenn er sie geklaut hat, dann hat er sie auch hierher mit-

genommen«, meinte Erik überzeugt. »Vergiß nicht, daß gestern, als der Mann mit dem Verband anrief, die Putzfrau am Telefon war. Er würde doch nie wagen, eine so kostbare Briefmarke in einer Wohnung liegen zu lassen, in der eine Putzfrau losgelassen ist. Außer natürlich, wenn er auch zu Hause einen Safe hat. Aber vielleicht trägt er sie in der Brieftasche herum. Es gibt viele Möglichkeiten. Viel zu viele leider.«
Wir passierten die Villa von Onkel und Tante, bogen rechts ein und gingen außen um den Ort herum zu dem Viertel, wo die Sommerhäuser liegen.
»Es besteht nicht der geringste Zweifel, daß sie über das Wochenende zu jemandem hier auf Besuch gekommen ist«, fing Erik wieder an. »Vielleicht zu jemandem, der das ganze Jahr hier wohnt. Oder in eines von den Sommerhäusern, die auch winterfest sind.«
»Was bringt dich zu dieser Ansicht?« fragte ich.
»Der Inhalt des Koffers. Den habe ich ja gesehen, als alles auf dem Boden lag. Würden sie jemanden in einem gewöhnlichen Sommerhaus besuchen, so wie unseres ist, dann hätten sie warme Sachen mit. Dicke Pullover, Trainingsanzug und so. Aber er hatte nur einen gewöhnlichen, leichten Pyjama eingepackt. Wie dumm, daß ich bei ihrem Vater so einen schlechten Eindruck hinterlassen habe. Wenn wir die beiden nur finden könnten, dann würde ich schon eine Möglichkeit finden, ihn einzuwickeln. Sonst erlaubt er nie, daß sie mal zu uns kommt.«
Die Sonne war hinter einem dünnen Wolkenschleier verschwunden, aber die Luft war wärmer geworden. Wir gingen jetzt auf schmalen, sandigen Wegen, und hier duftete es nach Nadelholz und welken Blättern. Erik hatte am Wegrand einen alten Tennisball gefunden, den trieb er mit den Füßen vor sich her. Schnapp lief hinter uns, er war den ganzen Weg mitgekommen, doch wir hatten ihn nicht an der Leine.

»Wo würdest *du* eine Briefmarke verstecken, wenn du dazu gezwungen wärst?« fragte ich.
Er schickte den Ball hoch in die Luft und schaute mich etwas ratlos an.
»Welche Briefmarke? Ach so, ich habe eben an etwas anderes gedacht. Wo ich sie verstecken würde? Hm, ich weiß nicht recht. Vielleicht hinter einem Bild an der Wand oder hinter einem Spiegel oder in einer Vase . . . du, eigentlich verstehe ich sehr gut, daß er gestern so wütend auf mich war.«
»Wer denn?«
»Die Bulldogge. Brittas Vater. Ehrlich gestanden, ich wäre an seiner Stelle auch explodiert. Wenn ich nur mit ihm sprechen könnte, dann würde ich alles glätten und in Ordnung bringen und ihn zum Lächeln bringen und so weiter. Schließlich ist er ja trotz allem mein Schwiegervater.«
»Nur weiß er das noch nicht«, gab ich trocken zurück.
»Nein, und das ist das Vertrackte an der Sache.«
Er trat heftig nach dem Tennisball, und der verschwand in großem Bogen über eine hohe Hecke.
Wir lauschten, den Bruchteil einer Sekunde. Länger war das nämlich nicht notwendig. Wenn es *ein* unverwechselbares Geräusch auf der Welt gibt, dann ist es das einer zerbrechenden Fensterscheibe. Und diese hier mußte, so weit man es beurteilen konnte, noch dazu ziemlich groß sein.
Erik zuckte resigniert mit den Achseln.
»Scherben bedeuten Glück«, murmelte er. Sehr überzeugend klang es allerdings nicht.
»Gehen wir lieber hinein und schauen wir, ob jemand da ist«, schlug ich vor.
»Klar«, sagte er sofort. »Das bedeutet kein Taschengeld in den nächsten paar . . .«
Während er das sagte, waren wir um die Ecke der Hecke gegangen und hatten die Zufahrt zu einem ziemlich großen

Sommerhaus betreten. Aus dem einen Schornstein kam Rauch. Also war das Haus schon bewohnt.
Doch er beendete seinen Satz nie. Denn mitten drin wurde die Türe aufgerissen, und wer stand auf der Schwelle? Dreimal dürft ihr raten ...
Ja, ja und ja. Auf der Schwelle stand die Bulldogge. Brittas Vater. Eriks künftiger Schwiegervater.
Erik stand da wie vom Blitz getroffen. Und schon hielt der Mann ihn mit festem Griff.
»Was! Das ist doch tatsächlich wieder dieser Lümmel!«
Sein Kopf war feuerrot angelaufen, und ein bißchen sah er aus wie ein Gummitier, das so stark aufgeblasen ist, daß es jederzeit platzen kann. Sein Gesichtsausdruck war so, als ob er Erik am liebsten den Schädel in den Bauch gerannt hätte, und vielleicht wäre es auch so gekommen, wenn sich nicht Schnapp dazwischengeworfen hätte.
Ich weiß nicht, ob er es tat, um Erik zu Hilfe zu kommen, oder ob er sich daran erinnerte, daß dieser Mann ihn gestern einen Straßenköter genannt hatte. Jedenfalls biß er ungewöhnlich herzhaft zu und versenkte alle seine kleinen spitzen Zähne in die Wade des Mannes. Der stieß ein Gebrüll aus und ließ Erik los.
Ich packte Schnapp schnell am Halsband, obwohl ich dem Mann eigentlich noch einen kleinen Biß gegönnt hätte.
Wer weiß, wie sich die Situation entwickelt hätte, wäre nicht das blonde Mädchen mit einem Mann im Alter ihres Vaters auf der Bildfläche erschienen. Der andere Mann rief:
»Aber Richard, was ist denn los?«
»Was los ist? Was los ist!? Das ist los, daß diese Verbrecher erst einen Stein in dein großes Fenster geworfen und nachher ihren verdammten Köter auf mich gehetzt haben. Aber das werden sie bereuen!«
Der andere Mann trat näher. Das blonde Mädchen hielt sich im Hintergrund.

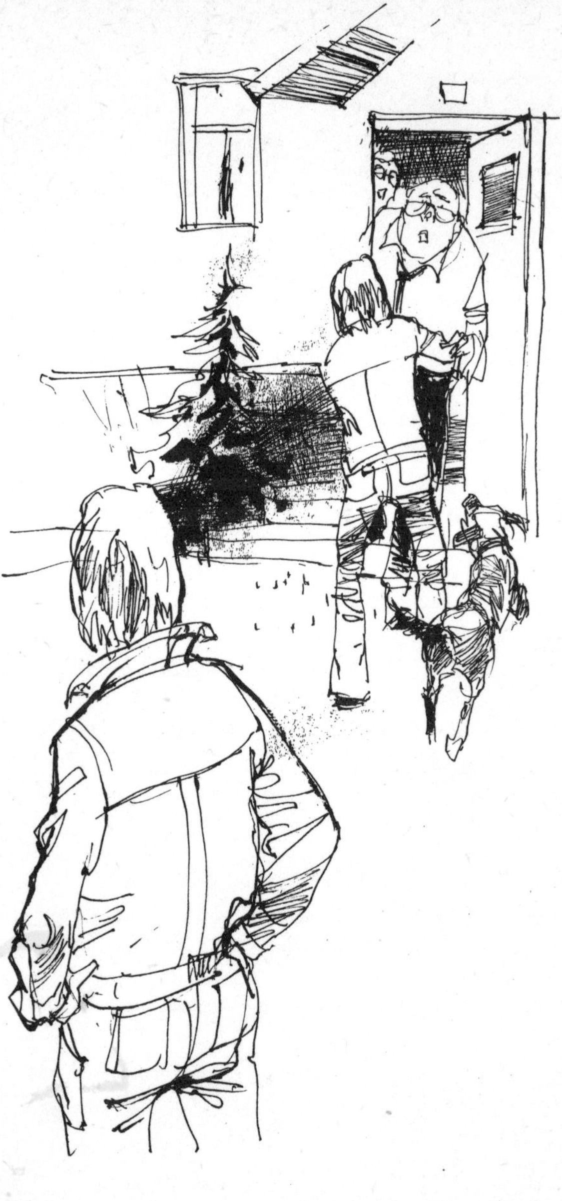

»Na, na«, sagte er. »Nun beruhige dich erst mal.« Er schaute Erik an – beinahe freundschaftlich – und fuhr fort:
»Erzähl doch, was sich hier ereignet hat.«
Erik war dunkelrot geworden. Hauptsächlich wohl, weil das blonde Mädchen im Hintergrund stand und ihn ansah.
»Ich bitte vielmals um Entschuldigung«, begann er. »Ich habe einen kleinen Ball vor mir hergerollt, und da habe ich wohl zu stark zugetreten, und der Ball ist über die Hecke geflogen und hat Ihr Fenster eingeschlagen. Natürlich bezahle ich es, und ich werde auch gleich den Glaser verständigen.«
»Aha«, meinte der Mann. »Das geht also in Ordnung. Aber stimmt es, daß du deinen Hund auf meinen Schwager gehetzt hast?«
»Nein! Das hat der Hund ganz von alleine getan. Ich will sagen . . . öh . . .«
Der Vater des Mädchens unterbrach das Gespräch.
»Ist dein Vater gegen den Schaden versichert, den du anrichtest?«
»Hm . . . das weiß ich nicht«, murmelte Erik.
»Vielleicht ist das nicht so schlimm«, versuchte der andere Mann Erik zu beruhigen. »Ich bin ziemlich sicher, daß meine eigene Versicherung solche Sachen deckt.«
Der Vater des Mädchens kehrte sich empört gegen ihn, holte tief Luft und blies sich auf wie ein Truthahn.
»Du scheinst wie schon öfter zu vergessen, daß ich Direktor einer Versicherungsgesellschaft bin! Falls der Vater des Jungen versichert ist, muß natürlich *seine* Versicherung bezahlen. Alles andere wäre . . . wäre beinahe Betrug an deiner eigenen Versicherungsgesellschaft!«
Der Mann lächelte.
»Ja, ja, Richard. Schon recht. So hab ich es ja nicht gemeint. Wohnst du hier im Ort, mein Junge?«

Erik nickte, sagte seine Adresse und Namen und Telefonnummer seines Vaters.
»Die Telefonnummer ist ja nicht so wichtig. Wir bringen das schon in Ordnung. Aber wenn du zum Glaser gehen und ihn dazu bringen könntest, daß er im Lauf des Vormittags herkommt, dann...«
»Ich gehe sofort hin«, beteuerte Erik eifrig. Dann lächelte er dem blonden Mädchen zu und fuhr zu ihr gewendet fort:
»Hm... was ich sagen wollte... falls du dich hier nicht auskennst, dann zeigen Kim und ich dir gern den Ort und so weiter. Das tun wir gern. Wir haben ohnehin nichts zu tun.«
»Also, das ist doch das frechste...«, brüllte Brittas Vater wieder los. »Britta! Wage ja nicht, dich mit diesen Lümmeln abzugeben! Wenn ich dich dabei erwische, dann kannst du dich...«
Doch sie war schon ins Haus gelaufen. Vielleicht weinte sie, vielleicht schämte sie sich nur wegen ihres Vaters, vielleicht auch sollten wir nicht sehen, wie enttäuscht sie über das Verbot war. Von einem bin ich jedenfalls überzeugt: Sie wäre gern mit uns gegangen.
Als wir uns auf den Weg zum Glaser machten, war Erik ziemlich schweigsam. Erst als wir wieder zu Hause bei seinem eigenen Gartentürchen angelangt waren, grinste er plötzlich und rief aus:
»Na, wenigstens hab ich jetzt mit ihr *gesprochen!*«

8

»Eigentlich sieht er nicht aus wie ein Verbrecher«, bemerkte Erik.
Wir hatten das Fenster geöffnet und schauten alle vier hinüber in den anderen Garten, wo der Briefmarkenhändler

mit allerhand Arbeiten beschäftigt war. Er trug jetzt ordentliche gelbe Leinenhosen und einen dicken, weiten Norwegerpullover. Auf dem haarlosen, eiförmigen Kopf saß eine kleine Baskenmütze. Er kehrte die welken Blätter zusammen und pfiff dabei leise vor sich hin.
»Auf sowas kann man nichts geben«, meinte Brille. »Das sind oft die ärgsten.«
Wir warteten und wünschten uns, er würde endlich weggehen. Wenn er ging, hätten wir nämlich eine Chance, etwas zu unternehmen. Je mehr wir die Sache überlegten, desto sicherer wurden wir – ja, wir waren eigentlich felsenfest überzeugt –, daß er selbst die Briefmarke auf die Seite gebracht hatte, damit die Versicherung ihm die 37000 Kronen auszahlen mußte. Dann würde er später, wenn Gras über die Sache gewachsen war, die Briefmarke verkaufen und noch einmal zu einer ähnlich hohen Summe kommen.
Doch, das ließ sich nicht leugnen, Erik hatte recht. Er sah tatsächlich nicht aus wie ein Verbrecher. Allerdings war er ein ziemlich zerstreuter Mensch, das merkte ein Blinder. Wir sahen, wie er eine Gartenschere suchte, die er erst vor ein paar Minuten an die Hecke gelehnt hatte. Unser Beobachtungsplatz war gut und bot ausgezeichneten Einblick in seinen Garten und auf sein Haus, denn die Laubbäume und Sträucher waren noch ganz kahl und gaben keinerlei Schutz vor neugierigen Blicken.
Jetzt stellte er den Rechen weg und schlurfte ins Haus. Brille blieb am Fenster stehen und hielt weiterhin Wache, während wir unsere Pfeifen stopften. Katja öffnete vorsichtig die Tür zum Schlafzimmer und schlich hinein. Gleich darauf kam sie wieder zum Vorschein und zog die Tür hinter sich zu.
»Schläft er immer noch?«
»Ja. Aber ich glaube nicht, daß ihm noch etwas fehlt. Vermutlich braucht er nichts als zehn oder zwölf Stunden

Schlaf. Er ist auch nicht mehr so blaß. Gehirnerschütterungen verlaufen oft so.«
»He!« rief Brille vom Fenster.
»Was ist?«
»Er geht. Mit einer leeren Tasche in der Hand. Wahrscheinlich einkaufen.«
Wir liefen zum Fenster, sahen ihn aus dem Haus treten, die Tür hinter sich zuwerfen und in Richtung Fischerort abmarschieren. Er trug immer noch die gelbe Arbeitshose, den dicken Pulli und die Baskenmütze.
»Ein Fenster hat er offenstehen lassen«, machte Katja uns aufmerksam.
»Sollen wir die Gelegenheit ergreifen?« überlegte Erik. Er und Katja schienen bereit, die Sache sofort anzupacken. Brille und ich hingegen zögerten.
»Wenn wir entdeckt werden, kann das übel ausgehen«, gab Brille zu bedenken.
»Schon. Aber wer sollte uns entdecken?« tat Erik den Einwand ab. »Keines der anderen Sommerhäuser an unserem Weg ist bewohnt. Und er ist langsam gegangen. Selbst wenn er nur wenig einkauft, haben wir eine Viertelstunde, vielleicht sogar zwanzig Minuten. Früher kann er nicht zurück sein. Na, wie ist's, wollen wir?«
Ich schaute Brille an. Er zuckte die Achseln.
»Es ist tatsächlich unsere einzige Chance«, meinte er.
»Dann also abgemacht«, rief Erik munter. »Aber jetzt los!«
Das offene Fenster im Haus des Briefmarkenhändlers saß etwas hoch, aber wir zogen einen Gartenstuhl hin, und dann ging es ganz leicht. Gleich darauf standen wir im Wohnzimmer des Mannes.
Das Haus bestand aus einer Veranda, dem Wohnzimmer, einem kleinen Schlafzimmer mit einem Bett und zwei Etagenbetten und einer Küche.
»Erik«, bestimmte ich, »nimm du dir die Veranda vor,

dann durchsuche ich das Wohnzimmer und Brille das Schlafzimmer.«
»Das heißt, die Küche bleibt mir«, stellte Katja fest.
»Genau. Und laßt uns nur ja aufpassen, daß wir alles wieder so hinstellen, wie es war, damit er nicht merkt, daß jemand im Haus war.«
Gleich darauf waren wir eifrig an der Arbeit. Wir kehrten das Unterste zu oberst, hoben Vasen hoch, schauten hinter die Bilder an der Wand, untersuchten Schubladen, Kissen, Matratzen, Aschenbecher und Nippessachen, mit einem Wort, alles, was nur die geringste Chance bot, das Versteck für eine Briefmarke abzugeben. Und jeden untersuchten Gegenstand stellten wir sorgfältig zurück an Ort und Stelle.
Wir gingen methodisch vor. Jeder Winkel, jeder Quadratzentimeter des Hauses wurde durchleuchtet.
»He, Kim!«
Brille rief mich aus dem Schlafzimmer. Er stand vor dem offenen Kleiderschrank.
»Ich habe seinen Sakko gefunden. Den, den er gestern trug. Es widert mich an, anderer Leute Taschen zu durchsuchen. Deshalb rief ich dich her. Hier ist seine Brieftasche.«
Wir trugen die Brieftasche zum Fenster, wo es heller war. Dann öffneten wir sie. Sie enthielt ein paar Banknoten, vielleicht drei- oder vierhundert Kronen. Wir nahmen die Banknoten heraus, denn die Marke konnte ja dazwischen liegen. Nichts. Dann untersuchten wir die anderen Fächer der Brieftasche. Nichts. Als wir die Banknoten zurück in die Brieftasche und diese wieder in den Sakko getan hatten, waren wir überzeugt, daß die Marke hier jedenfalls nicht versteckt war. Brille fuhr mit der Hand in die andere Innentasche und holte ein schwarzes Notizbuch hervor.
Wieder gingen wir zum Fenster und durchsuchten es. Es enthielt eine Menge Adressen. Vermutlich seine Kunden.

»Schau doch«, rief Brille und deutete auf eine Seite. Da stand: »Meine eigene Telefonnummer: Kopenhagen 77338.«
»Muß der ein schlechtes Gedächtnis haben«, meinte er. »Kann nicht mal seine eigene Telefonnummer behalten. Muß sie sich ins Notizbuch schreiben.«
Wir blätterten weiter. Auf einer der letzten Seiten fanden wir etwas Interessantes. Da stand:
»Der Code des Alarmapparats: 79432
Der Code des Geldschranks: 9400312«.
»Glaubst du, daß das von Bedeutung ist?« fragte Brille. »Sollen wir die Zahlen aufschreiben?«
Ich schüttelte den Kopf. »Nein. Wüßte nicht, was die uns helfen sollten. Eigentlich sind sie bedeutungslos. Weisen nur darauf hin, wie schlecht sein Gedächtnis ist. Stecken wir das Notizbuch wieder zurück.«
Als eine Viertelstunde vergangen war, konnten wir guten Gewissens sagen, wir hätten das Haus von oben bis unten durchsucht. Wir hatten unsere Fantasie nach Möglichkeit eingesetzt, hatten versucht, uns vorzustellen, wo wir, wenn uns dieses Haus gehörte, eine Briefmarke verstecken würden. Und wir verließen alles, wie es gewesen war. Nichts deutete darauf hin, daß jemand während der Abwesenheit des Mannes im Haus gewesen war.
»Dann verschwinden wir wohl lieber«, meinte Erik enttäuscht.
Ich kroch zuerst durchs Fenster und stellte mich hin, um Katja aufzufangen, wenn sie heraussprang. Dann ging ich mit ihr aus dem Garten, während Brille und Erik das Haus verließen. Erik war schon draußen, und Brille hatte eben ein Bein über das Fensterbrett geschwungen, als plötzlich eine Stimme durch die Stille gellte: Fräulein Larsen!
Fräulein Larsen ist die Schwester des Polizisten. Sie übertrifft mit Leichtigkeit jeden feuerspeienden Drachen. Sie ist der Schrecken des Fischerortes, und sie ist Larsens

Schrecken und unser eigener. Im Augenblick vor allem unser eigener. Katja und ich sahen sie nicht, aber wir hörten ihre Stimme. Das genügte.
»Nein, so etwas! Erik und Palle! Kommt auf der Stelle heraus und gebt mir eine Erklärung! Das ist doch die Höhe! Werdet ihr sofort . . .«
Ich zog Katja zu Boden, und wir versteckten uns hinter einem Busch. Anscheinend hatte Fräulein Larsen nur Erik und Brille erblickt. Besser, sie entdeckte uns beide nicht auch noch.
»Erik und Palle! Werdet ihr sofort . . .!«

9

Erik stellte den Gartenstuhl zurück und ging mit Brille langsam auf Fräulein Larsen zu.
»Wo sind die anderen? Kim und dieses Mädchen, wie heißt sie nur?«
»Katja«, erwiderte Erik zuvorkommend. »Ich weiß nicht, wo sie sind. Vielleicht unten auf der Mole.«
»Und darf ich erfahren, was ihr hier in diesem Sommerhaus wolltet?«
»Hm, Sie müssen wissen, Fräulein Larsen«, begann Erik umständlich, »das ist eine lange Geschichte. Falls Sie nichts dagegen haben, möchte ich sie Ihnen im Augenblick lieber nicht erzählen.«
»Werde ja nicht frech, Bürschchen«, rief sie aufgebracht. »Warte nur, bis mein Bruder von der Sache erfährt! Ich habe ja immer gewußt, daß ihr arge Lümmel seid. Aber Einbruch! Na, das werdet ihr zu bereuen haben!«
»Wir bereuen es jetzt schon, Fräulein Larsen. Wir haben nämlich nicht gefunden, was wir suchten. Wir . . .«
»Mich interessiert dein Geschwätz nicht«, unterbrach sie ihn scharf. »Wartet nur, bis mein Bruder davon erfährt!«

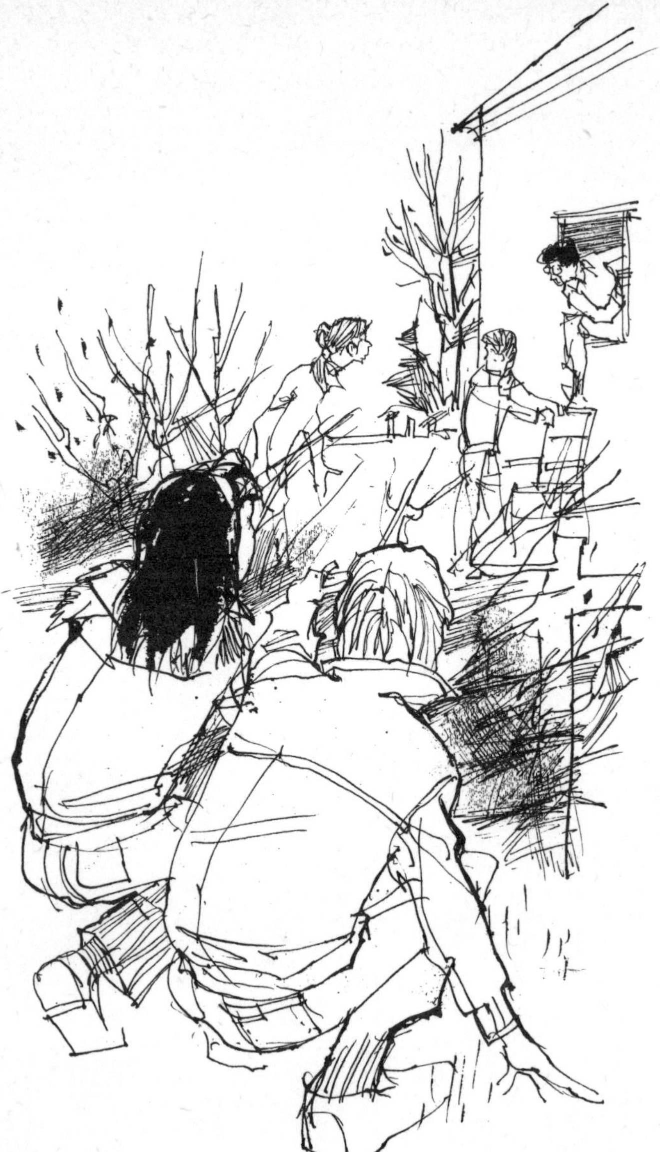

Am Schluß dieses Gespräches war sie weitergelaufen und hatte mit Erik und Brille den Weg zum Fischerort genommen. Wir konnten feststellen, daß Erik und Brille sich bemühten, sie von unserem Versteck wegzulocken.
»Gleich können wir abhauen«, flüsterte ich Katja zu.
Doch daraus wurde nichts. Wir waren eben aufgestanden, als ein Auto auf dem Weg herankam, bremste und knapp einen Meter von unserem Busch entfernt in die Auffahrt des Nachbarhauses einbog.
Wir tauchten also wieder unter. Die Autotür ging auf, und ein Mann von ungefähr Mitte vierzig stieg aus. Seine Frau verließ den Wagen auf der anderen Seite.
»Das wär's«, sagte er zufrieden. »Nun brauchen wir bloß noch . . .« Die Frau unterbrach ihn.
»Der Alte muß drin sein. Ein Fenster steht offen.«
»Na und?«
»Das kann doch . . .«
»Blödsinn«, tat der Mann sie ab. »Hat nichts zu bedeuten. Wir benehmen uns ganz wie immer.«
»Ich weiß nicht, mir gefällt das nicht«, wandte die Frau ein.
»Du spinnst ja. Was glaubst du eigentlich, wie er . . . holla, da kommt er! Er war einkaufen.«
»Und da steht sein Fenster offen?«
»Na und? Du weißt doch, daß er immer vergißt, Türen und Fenster zu schließen, wenn er weggeht.«
Wie dumm wir waren! Hätten wir ein wenig überlegt, dann wäre es natürlich das erste gewesen zu probieren, ob die Tür verschlossen war. Dann hätten wir nicht durchs Fenster zu klettern brauchen, und Fräulein Larsen wäre uns nie auf die Schliche gekommen.
Anscheinend hatte der Briefmarkenhändler jetzt die Wageneinfahrt erreicht, denn wir hörten seinen Nachbarn in herzlichem Ton sagen:
»Ach, sind Sie auch schon hier, Herr Jensen! Das ist aber

nett. Ja, sobald der Frühling in der Luft liegt, beginnt es einem in den Fingern zu jucken. Wie geht's, wie steht's?«
Wir hörten den Briefmarkenhändler erwidern:
»Danke, danke, so weit ganz gut. Und Ihnen?«
»Ausgezeichnet, ausgezeichnet. Aber ich weiß nicht, Sie sehen mir ganz so aus, als ob Sie Sorgen hätten?«
»Hm . . . na, ich kann's Ihnen ja sagen. Erinnern Sie sich an die Briefmarke, von der ich Ihnen neulich erzählte?«
»Briefmarke? Hm . . . Lassen Sie mich nachdenken.«
»Die Fehlfarbe aus Kapstadt.«
»Ach ja, jetzt fällt's mit wieder ein. Die war doch schrecklich wertvoll, nicht? Ist damit etwas passiert?«
»Sie ist mir voriges Wochenende aus meinem Safe gestohlen worden.«
»Was? Gestohlen? Wie entsetzlich! Wie war denn das möglich?«
»Ich weiß es nicht«, erwiderte der Briefmarkenhändler bedrückt. »Es ist mir unverständlich. Die Polizei hat meinen Verkäufer verhaftet.«
»Ach, der? Jaja, da sieht man wieder. Man traut einem Menschen, und dann, eines schönen Tages . . .«
»Ich verstehe es wirklich nicht. Es will mir nicht in den Kopf, daß er es getan haben soll.«
»Na, die Polizei wird schon ihre Gründe gehabt haben, wenn sie ihn verhaftet hat«, erklärte der Nachbar. »Ich fand schon immer, daß Sie eine zu gute Meinung von Ihren Mitmenschen haben. Das habe ich oft zu meiner Frau gesagt. Nicht wahr, Kirsten?«
»Ja, mein Schatz«, sagte Kirsten.
»Die Sache ist ja, daß nur er und ich die Zahlenkombination des Safes kannten«, fuhr der Briefmarkenhändler fort. »Aber ich kann es trotzdem nicht glauben. Na, einmal wird es sich wohl aufklären. Bleiben Sie übers Wochenende hier?«
»Nein, nein. Wir sind nur auf einen Sprung herausgekom-

men, um etwas zu holen. Wir wollen nämlich nach Deutschland fahren.«
»Ach? Geschäftlich oder in Urlaub?«
»Ja, wir wollen ein bißchen Urlaub machen! Sie müssen wissen, wir waren schon jahrelang nicht mehr gemeinsam in den Ferien. Aber leider wird's nur kurz sein. Vielleicht acht Tage. Und wir mußten herkommen, weil meine Frau ihren Paß hier hat. Wir fanden ihn in der Stadt nicht, und da fiel uns ein, daß er wahrscheinlich noch vom Sommer her hier in einer Schublade liegt. Finden wir ihn gleich, dann sind wir in einer Viertelstunde wieder auf und davon.«
»Na, dann will ich Sie nicht aufhalten«, rief der Briefmarkenhändler. »Ich muß auch hinein und mir ein bißchen was zum Essen richten. Einen schönen Urlaub also!«
»Danke schön! Vielen Dank!« sagten der Nachbar und seine Frau gleichzeitig.
Auf dem Weg durch den Garten kam der Briefmarkenhändler dicht an dem Busch vorbei, unter dem Katja und ich lagen. Hätte er nur einen Blick zur Seite geworfen, wären wir entdeckt gewesen. Aber er schaute nicht. Er ging zum Haus, öffnete die Tür und trat ein.
»Laß nur alles im Wagen«, hörten wir den Nachbarn sagen. Gleich darauf sperrten die beiden die Haustür auf und gingen hinein.
Katja und ich konnten wohlbehalten und ohne entdeckt zu werden den Garten des Briefmarkenhändlers verlassen, und gleich darauf waren wir zu Hause.
Larsen war schon da!
Seine Schwester mußte ihn auf dem Weg getroffen haben, sonst wäre es unbegreiflich gewesen. Er stand mit gespreizten Beinen mitten im Zimmer, das Gesicht zornrot. Erik und Brille drückten sich niedergeschlagen dicht an die Wand. Als ich mit Katja eintrat, wandte Larsen sich sofort gegen uns.

»Na, und ihr beiden? Wart ihr mit von der Partie?«
»Nein. Ich habe doch gesagt, die beiden waren spazieren«, rief Erik.
»Laß das, Erik«, gab ich zurück. »Jetzt ist's schon egal. Ja, Katja und ich waren dabei. Wir waren alle vier im Haus.«
»Aha!! Und jetzt möchte ich eine ordentliche Erklärung hören.«
»Geht nicht«, sagte ich.
»Was zum Teufel! Du bist wohl . . .«
»So war's nicht gemeint. Ich wollte nur sagen, daß wir mit der Erklärung gern noch ein bißchen warten möchten. Nur eine Stunde. Ich verspreche Ihnen, dann kommen wir alle vier zu Ihnen und erklären alles bis ins letzte.«
Er kniff die Augen zusammen und starrte mich durch die Schlitze an. Anscheinend wußte er nicht recht, ob er mir glauben sollte oder nicht.
»Am liebsten würde ich euch alle vier aufs Revier nach Gilleleje bringen. Weiß selbst nicht, was mich daran hindert. Aber das sage ich euch, wenn ihr euch in einer Stunde nicht bei mir einfindet und mir eine glaubhafte Erklärung abgebt, dann lasse ich einen Streifenwagen kommen und euch abführen. Habt ihr verstanden?«
Wir nickten alle vier. Ja, wir hatten verstanden.
Was uns Angst machte, war nicht sein Zorn. Sondern die Tatsache, daß im Nebenzimmer ein Mann lag und schlief. Ein Mann, den die Polizei suchte, und den wir verborgen hielten. Wir hatten alle vier nur den einen brennenden Wunsch, nämlich daß Larsen das Haus so schnell wie möglich verließe. Auch war es nicht sehr wahrscheinlich, daß der Mann nebenan noch immer schlief. Larsen hat eine ziemlich laute Stimme, besonders wenn er wütend ist. Aber jetzt näherte er sich der Haustür, und wir atmeten erleichtert auf. Nun öffnete er die Tür.
»Ich gehe wohl besser hinüber und rede mal mit dem Besitzer. Habt ihr etwas aus dem Haus entfernt?«

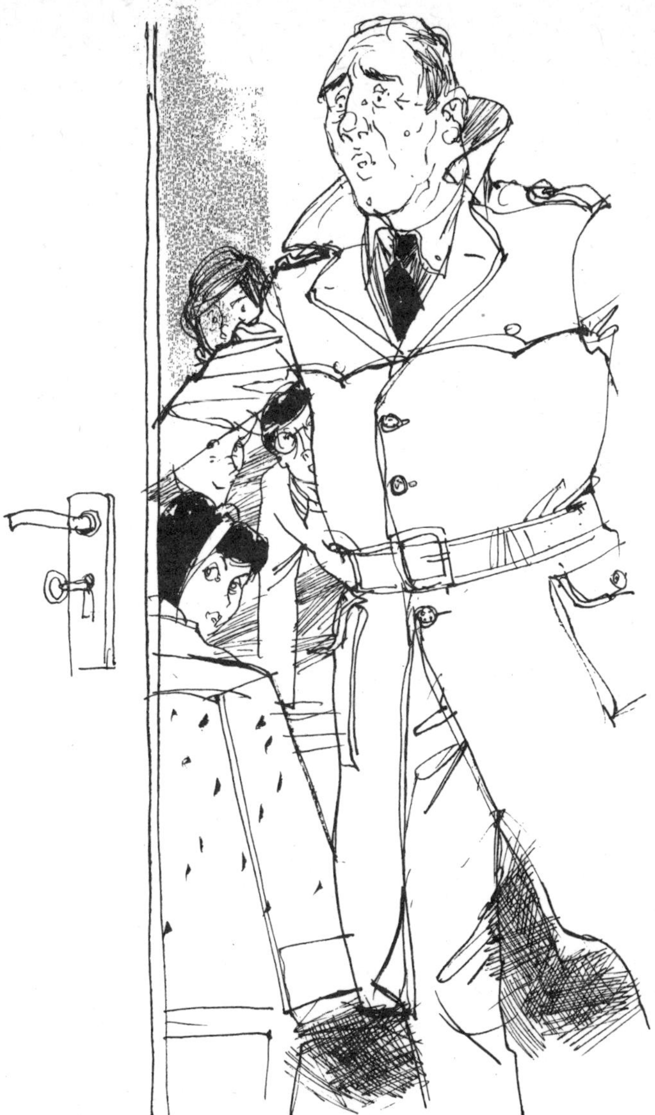

»Nein, nein«, rief Erik. »Ehrenwort, wir haben nichts genommen. Nicht so viel wie ... nicht mal eine Briefmarke.«
»Hm«, meinte Larsen. »Es sähe euch übrigens auch nicht ähnlich. Aber Einbruch war es trotzdem, begreift ihr das?«
Wieder nickten wir. Larsen sah uns noch einmal streng an und schloß die Tür hinter sich.
Ich dachte: Dem Himmel sei Dank! Doch ich dachte es verfrüht, denn da ging die Tür schon wieder auf. Larsen sagte:
»Und eines möchte ich euch zu bedenken geben: Wenn ich euch noch ein einzigesmal bei sowas erwische, dann werden eure Eltern verständigt und so weiter. Verstanden?«
Er blickte von einem zum anderen. Wieder nickten wir alle vier. Wir schwiegen und schauten sehr schuldbewußt drein.
In diesem Augenblick hörte man aus dem Schlafzimmer lautes Niesen.
Wir fuhren zusammen. Larsen auch. Er starrte verblüfft aus die Schlafzimmertür.
»Was zum Teu ...«, begann er.
Da nieste der Mann wieder.
Larsen lief mit großen Schritten durchs Zimmer und riß die Schlafzimmertür auf.
»Ach, so ist das«, rief er höhnisch. »So ist das also!«

10

Als Larsen mit unserem »Schützling« abgezogen war, ließ Erik sich auf einen Stuhl fallen.
»So wütend hab ich Larsen noch nie gesehen!«
Brille setzte sich gleichfalls.

»Besser, ihr setzt euch nicht«, teilte ich ihnen mit. »Wir haben nämlich zu tun.«
»Zu tun – womit?« fragte Brille.
»Wir müssen die Briefmarke suchen«, erklärte ich. »Jetzt wissen wir nämlich, wer sie hat.«
»*Wir* wissen es?« fragte Erik verständnislos.
»Katja und ich wissen es. Kommt zum Fenster, dann werdet ihr sehen. Da ist doch einer drüben mit einem Auto, neben dem Garten vom Briefmarkenhändler. Der ist es.«
Brille starrte mich verdutzt an.
»Woher willst du das denn wissen?«
»Als Fräulein Larsen kam, versteckte ich mich mit Katja hinter einem Busch. Da kam der dort mit seiner Frau, und wir hörten ihr Gespräch.«
»Drehte sich das Gespräch um die Briefmarke?«
»Nicht sofort, nein. Aber wir konnten hören, daß etwas nicht stimmte. Daß sie einen Grund hatten, warum sie mit dem Briefmarkenhändler nicht zusammentreffen wollten.«
»Und als sich das nicht vermeiden ließ«, fuhr Katja fort, »taten sie übertrieben herzlich. Und dabei hörten wir auch, daß Jensen ihnen bei seinem letzten Besuch hier von der Briefmarke erzählt hat.«
»Jaja«, meinte Brille zweifelnd. »Aber das beweist doch noch nicht, daß sie die Marke geklaut haben. Denn seine beiden Code-Nummern hat er ihnen wohl nicht auch noch mitgeteilt?«
»Die können sie in seinem Notizbuch gesehen haben«, meinte ich.
»Nun hört mal, man begeht doch keinen Einbruch, nur um in einem Notizbuch nachzuschauen«, wandte Erik ein.
»Das brauchten sie gar nicht«, erklärte Katja. »Wenn er weggeht, läßt er immer die Tür unversperrt. Davon haben die beiden auch gesprochen. Wir hätten nicht durchs Fenster zu kriechen brauchen. Die Tür war offen.«

»Was waren wir für Idioten«, rief Erik. »Und ihr meint wirklich, die beiden sind die Täter?«
»Ja. Mehr noch, ich glaube, sie haben die Briefmarke bei sich. Sie sind nämlich auf dem Weg nach Deutschland. Vermutlich, um sie dort zu verkaufen. Das ist sicherer, als sie in Dänemark anzubieten.«
»Was wollen wir tun?« fragte Brille.
»Was es auch ist, es muß schnell geschehen«, rief ich. »Denn in ein paar Minuten fahren sie ab.«
»In ein paar Minuten? Da können wir doch nichts mehr machen!«
»Vielleicht könnten wir sie irgendwie zurückhalten«, schlug Katja vor.
Der Mann drüben warf eben den Deckel des Kofferraums zu und ging wieder ins Haus.
»Klar können wir das!« rief Brille. »Falls wir Glück haben, heißt das! Kommt!«
Wir liefen alle vier zur Tür.
»Nein, es ist besser, nur Kim und ich gehen rüber. Wenn es klappt, sind wir gleich wieder da.«
Wir beide gingen also durch unseren Garten und hinüber zur Einfahrt der beiden. Kein Mensch war zu sehen, doch konnte der Mann jederzeit wieder aus dem Haus treten.
»Was willst du tun?« fragte ich.
Er zog mich an der Seite des Autos entlang und öffnete die Motorhaube.
»Ich nehme den Verteiler heraus und bete zum Himmel, daß er von Motoren nichts versteht. Hier, halt mal.«
Er zog den Verteiler herunter und steckte ihn in die Tasche. Dann setzte er den Verschluß wieder auf, zog ihn fest und schloß leise die Motorhaube.
Das Ganze hatte höchstens neunzig Sekunden gedauert.
»Und jetzt weg!« flüsterte er.
Als wir wieder ins Zimmer traten, schauten uns die anderen neugierig entgegen.

»Was habt ihr eigentlich gemacht?« fragte Katja.
Brille grinste und zog den Verteiler aus der Tasche.
»Das da geklaut«, erklärte er. »Jetzt fährt der Wagen nicht.«
Ganz klar war mir nicht , was er damit erreichen wollte. Natürlich konnten sie ohne den Verteiler nicht fahren, aber was sollte uns das helfen?
Brille blickte uns erstaunt an.
»Ja, versteht ihr wirklich nicht? *Falls* die beiden es waren, die die Marke gestohlen haben, und *falls* sie damit nach Deutschland fahren und sie dort verkaufen wollen – wo, glaubt ihr dann, ist die Briefmarke versteckt?«
»Tja, vermutlich doch irgendwo im Wagen«, überlegte ich.
»Klar«, stimmte er zu und nickte. »Und leider gibt es in einem Wagen massenhaft Stellen, wo man eine Briefmarke verstecken kann. Viel zu viele Stellen leider. Wir können nur auf unser Glück vertrauen.«
»Aber, Mann«, rief Erik. »Was willst du denn? Daß wir hier vor seiner Nase sein Auto durchkämmen?«
»I wo. Wir lassen ihn den Wagen irgend wohin schieben, wo wir das in aller Ruhe und unbeobachtet tun können.«
»Wir lassen ihn . . . du hast wohl den Verstand verloren«, knurrte Erik.
Brille grinste wieder.
»Allright«, sagte er. »Vielleicht wäre es nicht nett von uns, ihn das alleine tun zu lassen, also werden wir ihm schieben helfen. Ja, das wäre nur richtig. Du kannst mit Kim und Katja hinübergehen und euch zum Helfen anbieten. Dann laufe ich inzwischen schon voraus.«
»Aber – wohin?« fragte ich. »Und wohin sollen wir den Wagen schieben?«
»Zu Stoffers Werkstatt natürlich. Seid ihr denn ganz vernagelt? Das wird doch sein erster Gedanke sein, wenn er

merkt, daß der Wagen nicht fährt. Und wenn er nicht selbst darauf kommt, dann müßt ihr eben ein bißchen nachhelfen. Ich laufe voraus zu Stoffer und erzähle ihm alles. Er braucht dem Mann nur zu sagen, daß die Reparatur eine Stunde dauert. Auf die Art können wir ungestört und in aller Ruhe suchen.«
»Aber wenn er sich mit Motoren auskennt und entdeckt, daß der Verteiler fehlt?« warf Katja ein.
Brille zuckte die Achseln.
»Es bleibt uns nichts anderes übrig, als zu hoffen, daß er sich *nicht* auskennt.«
Brilles Plan imponierte mir, und ich war ziemlich wütend auf mich selbst, daß er mir nicht eingefallen war. Manchmal hat man ein Brett vorm Hirn.
»Ich laufe jetzt«, sagte Brille. »Und ich werde Daumen halten, daß ihr in nicht allzu langer Zeit mit dem Wagen angeschoben kommt.«
»Glaubst du, Stoffer spielt dabei mit?« fragte Erik mit leisem Zweifel.
»Ach, mit dem werde ich leicht fertig«, versicherte Brille und zog den Anorak über. »Ich berichte ihm den Fall, wie er ist. Wiedersehen also.«
Sobald sich die Tür hinter ihm geschlossen hatte, stellten wir uns ans Fenster und behielten den Wagen im Auge. Die Frühjahrssonne war wieder zum Vorschein gekommen. Auf dem Rasen wirbelte der Wind die trockenen Blätter lustig im Kreis.
Es dauerte ungefähr zehn Minuten, dann kam drüben der Mann wieder zum Vorschein. Er trug eine Henkeltüte in der Hand, und wir sahen, wie er den Kofferraum öffnete und die Tüte hineinstellte. Dann holte er ein Wischleder hervor und begann, die Windschutzscheibe und die Fenster zu säubern.
Seine Frau kam zu ihm heraus und fragte ihn etwas. Dann schüttelte sie sich in der kalten Luft und ging wieder ins

Haus, vermutlich um abzuwarten, bis er den Wagen startete.
Endlich setzte er sich ans Lenkrad und drehte den Startschlüssel. Wir hielten die Luft an. Der Selbststarter brummte. Der Mann versuchte es ein ums andere Mal und wurde zusehends ungeduldiger. Dann stieg er wieder aus, öffnete die Motorhaube, betrachtete den Motor und kratzte sich im Nacken. Nein, der verstand ganz gewiß nichts davon, wie ein Auto funktioniert.
Nachdem er ein paar Minuten so dagestanden hatte und sein Gesicht immer ratloser geworden war, warf er die Motorhaube wieder zu und setzte sich nochmals ans Lenkrad. Diesmal betätigte er den Starter so lange, daß es uns richtig weh tat.
»Wenn er das nicht bald sein läßt«, murmelte Erik, »dann ist die Batterie im Handumdrehen leer. So ein Trottel!«
»Vielleicht ist es jetzt an der Zeit, daß wir hinausgehen und ein bißchen Tempo in die Sache bringen«, meinte ich.
Gesagt, getan. Wir verließen den Garten und schlenderten an dem Wagen vorbei, ohne von ihm Notiz zu nehmen. Gaben uns den Anschein, als wären wir völlig ins Gespräch vertieft.
»Holla, ihr da!« – Wir wandten den Kopf.
Er hatte ein Seitenfenster heruntergedreht. »Wißt ihr, wo hier in der Gegend eine Autowerkstatt ist?«
Wir gingen dicht an den Wagen heran.
»Fehlt Ihrem Auto etwas?« fragte Erik unschuldsvoll.
»Ja. Das Miststück springt nicht an.«
»Es gibt hier eine kleine Werkstatt, der Mann heißt Kristoffersen«, warf Katja ein. »Es ist nicht sehr weit, gleich unten am Weg.«
»Ach, der? Ja, ich erinnere mich. Wollt ihr mir helfen, den Wagen hinzuschieben? Ich gebe euch gern ein paar Öre dafür.«
»Natürlich helfen wir Ihnen«, erklärte ich bereitwillig.

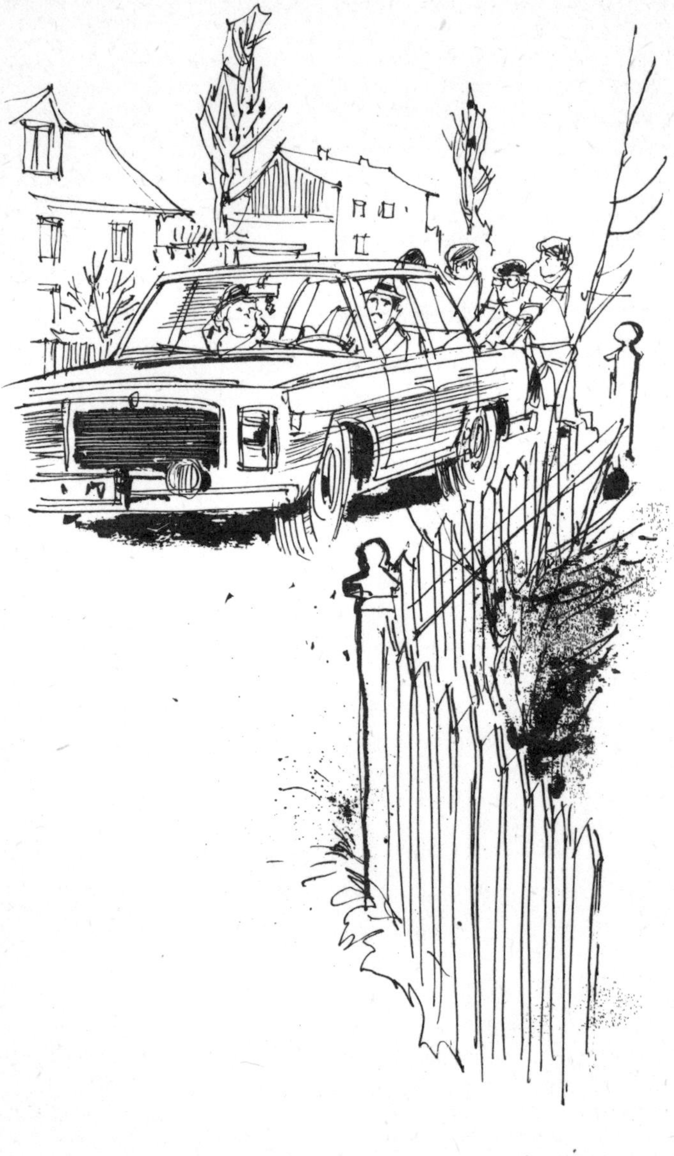

»Aber wir wollen kein Geld dafür. Es liegt ohnehin auf unserem Weg.«
Die nächste halbe Stunde überspringe ich. Schauplatz ist jetzt Stoffers Werkstatt, besser gesagt, der Platz vor der Werkstatt. Erik, Katja, Brille und ich hatten alle Hände voll zu tun. (Schnapp hatten wir im Sommerhaus zurückgelassen, damit er uns nicht zwischen den Beinen herumlief und aufhielt.) Auch Stoffer war nicht anwesend, er war zum Hotel gegangen, um mit dem Besitzer ein Bier zu trinken und zu plaudern. Dem Mann hatte er gesagt, er solle in einer Dreiviertelstunde zurückkommen, dann würde der Wagen in Ordnung gebracht sein. Sobald der Mann gegangen war, setzte Brille den Verteiler wieder ein, Stoffer grinste sich eins und unterhielt sich noch ein bißchen mit uns, bevor er sich auf den Weg machte. Und nun waren wir also eifrigst damit beschäftigt, den Wagen und alles Gepäck im Kofferraum zu untersuchen. Die Koffer waren nicht versperrt, doch es war mühsam, sie zu durchsuchen, denn niemand durfte ja hinterher merken, daß da jemand gewühlt hatte. Dieser Teil der Nachforschung ging in Stoffers Büro vor sich und wurde von Brille und Katja durchgeführt, während Erik und ich uns inzwischen den Wagen vornahmen. – Anfangs waren wir völlig sicher gewesen, daß wir die Briefmarke finden würden. Doch von Minute zu Minute schwand uns die Hoffnung. Als Brille und Katja die Koffer genauestens untersucht hatten – ohne Resultat –, stellten wir sie hübsch ordentlich wieder in den Kofferraum und schlossen ihn. Die beiden schauten sehr niedergeschlagen drein.
»Sollen wir euch helfen?« fragte Katja.
Erik zuckte die Achseln.
»Von mir aus gern. Die Sache hat nur einen Haken: Kim und ich haben bereits alles bestens durchgekämmt. Die Sitze, die Seitentaschen, das Handschuhfach, unter den Sitzen, hinter den Sitzen und sonst noch an allen mögli-

chen und unmöglichen Stellen. Wir haben die Aschenbecher herausgenommen, falls er die Marke hinten drauf geklebt hätte – mit einem durchsichtigen Klebestreifen wäre das eine blendende Idee gewesen. Wir haben versucht, uns an seine Stelle zu versetzen. Oder an ihre Stelle.«
»An die Stelle seiner Frau?«
»Ja, denn es kann leicht sein, daß sie ein gutes Versteck gefunden hat. Frauen sind da vielleicht erfinderischer. Sagen wenigstens manche Leute. Katja, wenn du sie wärst, wo hättest du die Marke versteckt?«
»Da«, erklärte sie, ohne auch nur eine Sekunde zu zögern.
»Wo?«
»Da«, wiederholte sie und zeigte diesmal genauer. Das, worauf sie zeigte, war ein kleiner Affe aus Stoff, der an einer Gummischnur vom Rückspiegel baumelte.
Wir schauten sie mit großen Augen an.
»Habt ihr daran wirklich nicht gedacht?« fragte sie erstaunt. – »Nein. Glaubst du, daß . . .« – »Ihr fragt mich ja, wo *ich* ihn versteckt hätte. Und ich hätte mir den Affen ausgesucht. Ich hätte eine Naht aufgetrennt, die Briefmarke hineingesteckt und die Naht wieder zugenäht. Das geht ganz leicht.«
Erik lachte breit.
»Sollte mich nicht wundern, wenn sie recht hätte, Kim. Vielleicht ist es uns nur deshalb nicht eingefallen, weil wir nicht nähen können. Sehen wir uns den Affen mal an.«
Er setzte sich hinters Lenkrad, holte den Affen herunter und hielt ihn ins Licht. Wir anderen steckten den Kopf durchs Fenster und schauten zu.
»Er ist tatsächlich frisch zusammengenäht«, rief Katja triumphierend. »Jemand hat ihn aufgetrennt. Der neue Nähfaden hat nicht die gleiche Farbe, seht ihr das?«
Und da hörten wir wieder einmal Fräulein Larsens Stimme dicht hinter uns.
»Darf ich fragen, was ihr jetzt wieder anstellt?«

11

Ich habe keine Ahnung, wie lange sie schon da gestanden haben mochte. Doch soviel war mir klar: jetzt steckten wir allen Ernstes in der Patsche.

Zuerst hatte sie uns beim Einbruch im Haus des Briefmarkenhändlers erwischt, dann hatte Larsen entdeckt, daß wir einen von der Polizei Gesuchten verborgen hielten. Und jetzt erwischte sie uns zum zweitenmal in einer Situation, die ihr höchst verdächtig und außerordentlich ungesetzlich vorkommen mußte. Wir saßen ärger in der Tinte denn je zuvor. Falls es uns nicht auf irgendeine Art glückte, diesen Fall aufzuklären, würde es uns schlimm ergehen. Mir war klar, daß wir sehr unvorsichtig gehandelt hatten. Das kam wohl daher, daß uns nur so wenig Zeit zur Verfügung stand.

Es war deutlich zu sehen, wie sie jubilierte. Endlich war es ihr geglückt, einen echten Beweis für unsere verbrecherischen Umtriebe vorlegen zu können.

Was sie sagte, weiß ich nicht mehr. Wenigstens nicht wörtlich. Denn natürlich sagte sie eine ganze Menge, und natürlich standen wir stocksteif da und kriegten rote Köpfe und wären am liebsten in die Erde versunken. Noch besser – *sie* wäre in die Erde versunken!

Sie redete und redete, doch ich hörte nicht mehr zu, sondern überlegte fieberhaft, wie wir aus der Sache herauskommen könnten. Und während ich noch dabei war, fiel mein Blick auf den Besitzer des Wagens. Er kam auf dem Weg heran und schien es eilig zu haben. Das war ein wenig zu zeitig. Die Dreiviertelstunde war noch nicht vergangen. Anscheinend war er ungeduldig.

Da sagte es in meinem Gehirn »Knacks!«, und mein Plan war fertig. Ob er sich durchführen ließ? Die Chancen dafür standen nicht eben gut. Eins zu hundert vielleicht. Mehr sicher nicht.

Fräulein Larsen ging dem Mann ein paar Schritte entgegen.
»Ist das Ihr Wagen?« fragte sie.
Er nickte.
»Was ist denn da los?« fragte er und schaute von einem zum anderen. Doch noch war er nicht ganz an den Wagen herangekommen. Ich benützte den kurzen Augenblick und flüsterte Erik etwas zu. Er betrachtete mich erstaunt.
»Aber das ist doch dumm, Kim«, flüsterte er zurück.
»Tu, was ich sage«, flüsterte ich wieder.
Es war keine Zeit für lange Erklärungen. Und er begriff, daß ich einen Plan hatte.
»Okay«, murmelte er und zuckte die Achseln. »Dann treffen wir uns also in sieben bis acht Minuten bei Larsen?«
»Ja.«
»Was flüstert ihr beiden denn da?« rief Fräulein Larsen und durchbohrte uns mit einem ihrer berühmten Blicke, von denen ich schon in früheren Büchern berichtet habe. Blicke, die einen Mann schnurstracks zu Boden schicken können. Doch Erik blieb ungerührt. Er gab meinen Bescheid flüsternd an Brille und Katja weiter. Sie machten ein genauso erstauntes Gesicht wie eben noch er.
Fräulein Larsen hatte sich wieder dem Besitzer des Autos zugewandt.
»Ich habe diese Bande hier erwischt, wie sie Ihr Auto untersuchte. Ich hoffe, ich kam noch rechtzeitig, ehe sie etwas ruinieren oder daraus entfernen konnten. Aber ich werde dafür sorgen, daß mein Bruder die Sache in die Hand nimmt. Mein Bruder ist der Polizist hier im Ort«, fügte sie zur Erklärung hinzu.
Die beiden Vordertüren des Wagens standen noch immer weit offen. Im selben Augenblick, in dem der Mann vom Weg abbog und die eigentliche Tankstelle betrat, flüsterte ich »JETZT!«, und wir stürzten alle vier zum Wagen, Erik und ich durch die eine Tür, Brille und Katja durch die an-

dere. Gleich darauf hing nur noch ein Restchen der Gummischnur, an der der Affe befestigt gewesen war, vom Rückspiegel herab.
Ich spürte, wie jemand meinen Arm umklammerte. Es war der Autobesitzer, der mit zwei langen Schritten herangekommen war.
»Lauft!« schrie ich, und sie liefen, so schnell sie konnten, jeder in eine andere Richtung.
»Halt!« schrie Fräulein Larsen. »Ihr kommt auf der Stelle zurück!«
Davon konnte natürlich keine Rede sein. Ich schrie:
»Habt ihr ihn?«
»Ja«, rief Erik zurück und rannte weiter.
Der Mann schüttelte mich. Er wirkte fassungslos und verwirrt, er war sich sichtlich nicht klar darüber, was da gespielt wurde.
»Habt ihr etwas aus dem Wagen genommen?« herrschte er mich an.
Ich kniff die Lippen zusammen und gab keine Antwort.
»So viel ich sah, nahmen sie den kleinen Stoffbären«, erklärte Fräulein Larsen und neigte sich vor, um ins Innere des Wagens zu sehen. Ihre Tragtasche schlug gegen mein Bein.
»Den Affen!« rief er aus.
»War es ein Affe?«
»Ja.«
»Ich hielt es für einen Bären«, meinte sie. »Ja, da hängt nur noch die Gummischnur. Sehen Sie selbst.«
Er hatte es schon gesehen. Und er war sichtlich aus der Fassung. Ein Blick in sein Gesicht genügte, um mich zu überzeugen, daß wir auf der richtigen Spur waren. Ja, die Briefmarke war im Affen versteckt. Jetzt galt es nur noch, meine Karten richtig auszuspielen.
»Diese widerlichen Fratzen«, sagte Fräulein Larsen und machte ein angeekeltes Gesicht. »Aber das werden sie be-

reuen! Ein Glück, daß ich rechtzeitig kam, und ein Glück, daß sie etwas erwischt haben, das kein Wertgegenstand ist.«
Er hatte seine Fassung noch nicht wiedergefunden und starrte sie verständnislos an. Sie wiederholte ziemlich ungeduldig:
»Ein Glück, daß sie keinen Wertgegenstand genommen haben.«
Er hielt noch immer meinen Oberarm umklammert, aber er verdrehte ihn wenigstens nicht mehr. Ich stand in einer Wasserlache und merkte, daß mein einer Fuß schon ganz naß war. Aber das bekümmerte mich nicht.
»Kein Wertgegenstand«, murmelte er. »Das verstehen Sie nicht. Ich bin nämlich kurz vor der Abreise. Will mit meiner Frau nach Deutschland. Wenn der Wagen uns nicht im Stich gelassen hätte, wären wir schon seit einer Stunde unterwegs. Und jetzt platzt die ganze Reise wegen dieser verdammten Lümmel!«
»Du liebe Zeit«, sagte sie, und ihre Stimme klang ziemlich gereizt. »Deswegen können Sie doch fahren. Um diese Lümmel hier wird sich mein Bruder schon kümmern. Darauf können Sie sich verlassen.«
»Mag sein. Aber der Affe!«
»Was ist mit dem Affen?« fragte sie scharf. »Überlassen Sie das alles mir. Ich werde dafür sorgen, daß solche Dinge sich nicht wiederholen.«
»Sie verstehen nicht . . . Der Affe – ich muß es wohl genau erklären . . . Meine Frau ist ziemlich abergläubisch. Und ich weiß, daß sie ohne den Affen nie fahren wird. Es . . . ja, ich kann mir denken, es klingt albern, aber der Affe ist eben unser Maskottchen. Sie wird verzweifelt sein, wenn sie hört, daß er gestohlen wurde.«
Das Gespräch war über meinen Kopf hinweg geführt worden, so, als existierte ich nicht. Doch jetzt begann er mich plötzlich wieder zu schütteln.

»Hör mal, Bürschchen, habt ihr uns da am Ende an der Nase herumgeführt? Warst vielleicht du es, der den Affen genommen hat, und die anderen taten, als liefen sie damit davon? Kehr mal deine Taschen um!«
Ich ließ ihn mich erst noch ein bißchen schütteln, dann kehrte ich gehorsam meine Taschen von innen nach außen, damit er sich überzeugen konnte, daß ich das Ding nicht hatte.
»Wohin sind die anderen gelaufen?«
»Keine Ahnung«, erwiderte ich.
Er schüttelte mich kräftiger.
»Heraus damit, du Lümmel!«
»Ich weiß es nicht«, wiederholte ich. »Aber wo der Affe ist, das weiß ich.«
»Na, wo ist er denn? Heraus damit!«
»Sag ich nicht.«
»Mein Bruder wird es schon aus ihm herausbekommen«, versicherte Fräulein Larsen. »Er kennt diese unguten jungen Leute schon seit langem. Ist Ihr Wagen schon repariert?«
»Das weiß ich nicht«, gab er zurück. »Wo ist der verdammte Mechaniker? Der Kerl ist an allem schuld.«
»Nein, das stimmt nicht«, widersprach ich. »Ich soll Ihnen bestellen, daß der Wagen in Ordnung ist, und daß es nichts kostet. Der Verteiler hatte sich nur gelockert. Der Mechaniker ist essen gegangen.«
Er stieß mich auf den Rücksitz.
»Hinein mit dir!« zischte er. Fräulein Larsen setzte sich vorn neben ihn, die Tragtasche auf dem Schoß, und wir fuhren ab.
Auf dem Weg zu Larsens Haus sprach niemand. Ich war mit meinen Gedanken beschäftigt und freute mich, daß bisher alles wie geplant verlaufen war. Ich schielte auf meine Armbanduhr. Noch fünf oder sechs Minuten, und wir würden wissen, ob wir richtig geraten hatten.

Fräulein Larsen öffnete die Gartentür, und der Mann, der wieder meinen Arm fest in der Schraube hielt, stieß mich vor sich her. Fräulein Larsen öffnete die Haustür, und der Mann schob mich durch den schmalen Flur und in Larsens Büro.
Larsens Büro ist gleichzeitig Larsens Wohnzimmer. Er saß am Eßtisch, hatte eine Schreibmaschine vor sich stehen und schrieb mit einem Finger einen Rapport. Seine Zungenspitze saß im Mundwinkel. Als wir eintraten, schaute er verärgert auf.
»Was zum Teufel ist jetzt wieder los?« rief er. »Kann man denn nie in Ruhe arbeiten? Guten Tag, der Herr. Was kann ich für Sie tun? Und du, Bursche, was hast du jetzt wieder angestellt?«
Er sah mich auf eine Art an – wie man eine tote Ratte ansieht oder etwas, das die Katze ins Zimmer geschleppt hat –, die mir klar machte, daß er auf mich nicht so gut zu

sprechen war wie sonst. Das verstand ich natürlich. Doch ich hoffte, es würde sich binnen kurzem ins Gegenteil verkehren.
»Gestohlen hat er!« berichtete seine Schwester voll Genugtuung.
»Was? Kim? Gestohlen?«
»Jedenfalls war er an einem Diebstahl beteiligt«, mußte sie zugeben. »Er und seine sauberen Freunde waren dabei, den Wagen von . . . wie heißen Sie eigentlich?«
»Mein Name ist Rabe«, warf der Mann ein.
Larsens Schwester fuhr fort:
«. . . ich kam eben dazu, als Kim und die anderen Herrn Rabes Auto durchsuchten. Bevor ich es verhindern konnte, stahlen sie einen Affen.«
Larsen riß die Augen auf.
»Einen . . . einen was für'n Ding?«
»Einen Affen. Einen Stoffaffen natürlich. Herr Rabe hatte

ihn am Rückspiegel aufgehängt. An einer Gummischnur. Die haben die Lümmel abgerissen und sind mit dem Affen davongerannt.«
»Ach so?« knurrte Larsen und runzelte die Stirn. Er wirkte erschöpft. »Mir wäre lieber, die Leute würden nicht immer allerhand Kram am Rückspiegel aufhängen. Ein Rückspiegel ist zum Hineinschauen da. Sicher sind solche Kindereien daran schuld, daß so oft . . .«
»Das hat mit der Sache hier nichts zu tun«, unterbrach die Schwester ihn scharf. »Hier geht es darum, daß sie den Affen entwendet haben, und daß Herr Rabe seine Reise nach Deutschland erst antreten kann, wenn das Ding wieder zur Stelle ist.«
Larsen hatte seine Pfeife hervorgeholt und gestopft. Er war eben dabei, sie anzuzünden, doch jetzt hielt die Hand, die das Streichholz hielt, auf halbem Weg inne, und er schaute seine Schwester verständnislos an.
»Was? Warum um Himmels willen . . . wieso können Sie nicht fahren, weil die Fratzen den Affen genommen haben? Au zum . . .«
Das letzte rief er, weil ihm das Streichholz die Finger verbrannt hatte. Er schleuderte es wütend in den großen Aschenbecher.
Der Mann gab wieder die Geschichte von seiner ach so abergläubischen Frau zum Besten. Inzwischen ging Fräulein Larsen in die Küche und stellte die Tragtasche ab. Sie kam gleich wieder zurück, schloß die Küchentür und lehnte sich dagegen.
»Aha, ach so«, brummte Larsen und kratzte sich im Nakken. »Tja, aber wie soll ich Ihnen helfen? Ich habe einen Arrestanten in der Zelle sitzen und kann nicht weggehen, ehe der abgeholt worden ist.«
»Kim sagt, er weiß, wo der Affe ist«, erklärte Fräulein Larsen.
Larsen blickte mich wütend an.

»Hör mal, mein Bürschchen«, fuhr er mich an. »Dein Sündenregister ist schon ganz schön angewachsen. Also du weißt, wo dieser Affe steckt? Dann rate ich dir gut, rück heraus mit der Sprache, und das hoppla! Verstanden?«
Ich nickte verzagt. Heute war mit Larsen nicht gut Kirschen essen.
»Er selbst hat ihn nicht«, warf der Mann ein. »Ich habe ihn seine Taschen umdrehen lassen. Einer der anderen muß ihn haben.« – »Nein«, murmelte ich. »Die anderen haben ihn auch nicht.«
Larsen war aufgestanden. Er stützte sich mit beiden Fäusten auf den Tisch. Vor Zorn war er puterrot geworden.
»Wohin sind die anderen gelaufen?« fuhr er mich an.
»Hm«, stammelte ich. »Sie haben nur einen kleinen Umweg gemacht. Sie müssen gleich hier sein. Wir haben Ihnen ja versprochen, innerhalb einer Stunde hier zu sein. Die Stunde ist beinahe abgelaufen.«
Larsen wandte den Kopf und schaute auf die Wanduhr. Dann hörte er Schritte auf dem Kiesweg und schaute zum Fenster.
Brille, Erik und Katja hatten ihr Versprechen gehalten.

12

»Darf ich die Herrschaften jetzt um eine Erklärung bitten?« rief Larsen aufgebracht und höhnisch, als Erik, Brille und Katja im Zimmer standen. Er beugte sich über den Tisch und starrte wütend von einem zum anderen.
»Herr Larsen, ich werde Ihnen alles erklären«, begann ich höflich. »Ich werde auch sagen, wo der Affe ist, nur möchte ich um die Erlaubnis bitten, alles von Anfang an zu erzählen.«
Larsen erwiderte nichts. Ich nahm sein Schweigen als Zustimmung auf und begann:

»Alles fing heute nacht damit an, daß wir den Mann mit dem Kopfverband, den Sie jetzt eingesperrt haben, am Wäldchen fanden. Er war bewußtlos, wir trugen ihn ins Haus und behielten ihn über Nacht. Er kam kurz zu Bewußtsein und bat uns, weder die Polizei noch einen Arzt zu verständigen. Und heute früh erzählte er uns, er sei des Diebstahls einer sehr wertvollen Briefmarke verdächtigt worden, und zwar bei seinem eigenen Chef. Dieser Briefmarkenhändler hat ein Sommerhaus gegenüber von dem, das Eriks Eltern gehört. Der Verwundete war hierher gefahren, um mit seinem Chef zu sprechen und ihm zu versichern, daß nicht er die Marke gestohlen habe. Er erzählte uns auch, nur er und der Händler wüßten von der Marke und kennten den Code des Safes und der Alarmanlage. Dann wurde er wieder bewußtlos, und während er schlief, besprachen wir die Sache und waren uns einig, daß er unmöglich der Täter sein konnte.«
Herr Rabe unterbrach mich:
»Hör mal, ich habe wirklich nicht die Zeit, mir eure Greuelmärchen anzuhören. Ich will wissen, wo der Affe steckt, und wenn ihr ihn nicht umgehend zum Vorschein bringt, dann werde ich . . .«
»Augenblick.« Jetzt war es Larsen, der unterbrach. »Das bringe ich schon aus ihm heraus. Lassen Sie ihn doch fertig erzählen.«
Er ließ sich auf den Stuhl fallen und zündete endlich die Pfeife an.
»Mach es aber kurz«, warnte er mich und blies mir eine Rauchwolke ins Gesicht. »Rede nicht wie ein Buch, sondern bleib bei der Sache. Verstanden?«
»Verstanden«, sagte ich gehorsam. »Also, wir dachten, da doch nur zwei Menschen von der Marke und den Codes wußten, und der Mann mit dem Verband nicht der Täter war, konnte also nur der Briefmarkenhändler selbst die Marke geklaut haben.«

»Was?« rief Larsen. »Habt ihr total den Verstand verloren? Warum zum Teufel sollte der . . .«
»Weil die Marke über 37 000 Kronen versichert war«, erklärte ich, bevor er seinen Satz beenden konnte. »Und als wir kurz darauf den Briefmarkenhändler ausgehen sahen, krochen wir durch ein offenes Fenster in sein Sommerhaus und durchsuchten es. Wir waren überzeugt, er hätte die Marke dort irgendwo versteckt. Wir fanden nichts. Später wurde uns klar, daß wir ihm unrecht getan hatten.«
Larsen stöhnte:
»Von allen Verrücktheiten, die ich in meinem Leben gehört habe, ist das wohl die verrückteste!«
»Stimmt. Und ich habe nicht die Absicht, noch länger zu warten«, rief der Mann, der sich Rabe nannte. »Darf ich vielleicht erfahren, was diese idiotische Briefmarke mit meinem Affen zu tun hat?«
»Sie dürfen. Obwohl ich mich wundere, daß Sie es ausgesprochen hören wollen. Herr Larsen, die Sache ist nämlich die: Ich bin zu einem sehr hohen Prozentsatz davon überzeugt, daß die Marke im Affen steckt.«
»Das ist ja vollkommen . . .!« rief der Mann, doch Larsen hob die Hand und schnitt ihm das Wort ab.
»Kim, bist du dir klar darüber, was du da behauptest«, fragte er ernst.
»Völlig klar, Herr Larsen. Ich möchte, daß Sie den Affen untersuchen, ehe wir ihn abliefern. Er ist am Rücken zusammengenäht, und man kann sehen, daß da eine Naht aufgetrennt und mit einem andersfarbigen Faden ergänzt worden ist.«
»Ich habe nie von dieser verdammten Briefmarke gehört!« rief der Mann außer sich. »Hören Sie, Herr Inspektor. Ich rate Ihnen dringend, veranlassen Sie, daß dieser kleine Gauner mir den Affen zurückgibt. Sonst muß ich leider . . .«
Er brach jäh ab. Vielleicht war ihm plötzlich zu Bewußtsein

gekommen, daß er genau das Verkehrte tat. Larsen ist nicht der Mensch, dem man mit Drohungen kommen kann – außer, sie kommen von seiner Schwester natürlich –, und ich sah, wie ihm das Blut wieder zu Kopf stieg.
»Sonst müssen Sie leider . . . was?« fragte er verdächtig ruhig. »Fahren Sie fort! Was wollten Sie sagen?«
»Ach, nichts, gar nichts. Ich meinte nur, ich habe nicht die Zeit, hier zu stehen und mir derartig wahnwitzige Beschuldigungen anzuhören. Herrgott, Mann, versetzen Sie sich doch in meine Lage!«
Larsen musterte ihn kurz, dann wandte er sich wieder mir zu.
»Dieser Herr Rabe nennt das eine wahnwitzige Beschuldigung. Ich würde mich dieser Ansicht anschließen. Herr Rabe erklärt, er hat von dieser Marke nie gehört.«
»Das stimmt aber nicht«, mischte sich Katja ein. »Kim und ich lagen hinter einem Gebüsch und hörten ein Gespräch, das Herr Rabe und seine Frau mit dem Briefmarkenhändler führten. Daraus ging ganz deutlich hervor, daß der Briefmarkenhändler den beiden vor vierzehn Tagen von der Marke erzählt hatte.«
Larsen blickte Herrn Rabe fragend an.
»Na, und wenn schon!« rief der. »Selbst wenn ich davon gehört hätte? Ist das vielleicht ein Beweis, daß ich sie gestohlen habe? Das ist ein Skandal! So etwas habe ich noch nie erlebt! Und ich warne Sie, Mann, ich werde Ihren Vorgesetzten Bericht erstatten, wenn Sie mir nicht sofort den Affen zurückverschaffen!«
Ich jubelte im Herzen. So ein Trottel! Tat er nicht geradezu sein möglichstes, sich Larsen zum Feind zu machen!
»Aha! Meinen Vorgesetzten werden Sie Bericht erstatten, sagen Sie?« Larsens Stimme klang eisig. »Das ist allerdings ein schwerer Schlag für mich. Weiß nicht, ob ich das überlebe.«
»Und den Code für den Alarmapparat und den Safe kann

er im Notizbuch des Briefmarkenhändlers gelesen haben«, fiel Brille ein, ehe sonst jemand etwas sagen konnte. »Wir fanden das Notizbuch in einem Sakko, der im Sommerhaus hängt, und darin waren beide Zahlenkombinationen aufgeschrieben.«
»Und der Briefmarkenhändler sperrt sein Haus nie ab, wenn er ausgeht«, setzte Erik hinzu. »Jeder kann einfach hineingehen, ohne anzuklopfen.«
»Warum zum Teufel seid ihr dann durchs Fenster gekrochen?« fragte Larsen.
Erik grinste.
»Weil wir ein Haufen Idioten sind. Wir vergaßen, erstmal die Tür zu versuchen. Aber dieser Herr Rabe und seine Frau, die wissen das. Auch davon haben sie gesprochen, als Kim und Katja sie belauschten.«
»Aha«, murmelte Larsen. »Und erfahre ich jetzt endlich, wo ihr den Affen versteckt habt?«
»Natürlich. Wenn Herr Rabe damit einverstanden ist, daß Sie ihn untersuchen«, sagte ich.
Die Sache wäre nie gut gegangen, wenn dieser Rabe unseren Larsen nicht so gröblich beleidigt hätte. Jetzt warf Larsen ihm einen Blick zu.
»Was sagen Sie dazu?«
»Was ich dazu sage? Was ich dazu sage! Das ist verdammt noch mal das Wahnwitzigste, was ich je erlebt habe! Nein, da können Sie Gift darauf nehmen, daß ich damit nicht einverstanden bin! Wohin kämen wir denn, wenn so ein jugendlicher Krimineller gelaufen kommt und einen erpressen will?!«
»Na, Sie brauchen ja nicht darauf einzugehen«, sagte Larsen ruhig. »Nur finde ich, es wäre in Ihrem eigenen Interesse zu beweisen, daß der Junge Sie zu Unrecht verdächtigt.«

13

Herr Rabe war weiß vor Wut.
»Soll ich mir gefallen lassen, daß ein paar solcher dreckigen Bengels mich des Diebstahls beschuldigen? Soll ich mir gefallen lassen, daß sie meine Eigentümer durchwühlen? Nein, nein, und dreimal nein! Ich werde Ihnen etwas sagen: Sie haben dafür zu sorgen, daß der Affe mir an meine Adresse nach Deutschland nachgeschickt wird, und Sie stehen mir persönlich dafür ein, daß er nicht im Geringsten beschädigt wird. Haben Sie verstanden? Jetzt habe ich nämlich genug. Ich lasse mich hier nicht länger zurückhalten. Ohne das Pech mit meinem Wagen wäre ich längst auf dem Weg nach Deutschland.«
»Das war kein Pech«, warf Brille sachlich ein. »Das war ich. Ich habe den Verteiler herausgenommen. Wir wollten Sie ein bißchen zurückhalten, damit wir herauskriegten, wo Sie die Briefmarke versteckt hatten.«
Über Larsens Gesicht glitt der Schein, der ganz schwache Schein eines Lächelns. Das bemerkte Herr Rabe, und er begann vor Wut zu stottern.
»Das ... dddass ... Sie werden das bereuen!! Ich wwwerde ... werde dafür sorgen, daß Ihre Dienststelle es erfährt! Ich werde dafür sorgen, daß man Sie davonjagt!«
Er war auf dem Weg zur Tür, doch an der Tür lehnten Erik und Brille und rührten sich nicht.
»Ich glaube, Herr Rabe, ich muß Sie doch bitten, hierzubleiben, bis die Sache aufgeklärt ist«, sagte Larsen sanft. (Wenn er sanft spricht, ist er am gefährlichsten.) »Ja, um es genau zu sagen, ich muß es von Amts wegen verlangen.«
Herr Rabe kehrte sich gegen ihn.
»Hören Sie, Mann, wenn Sie glauben, ich ...«
Ich sah, wie Erik den Schlüssel umdrehte und in die Tasche

steckte, und lächelte in meinen imaginären Bart. Larsen ließ den Kerl nicht zu Ende sprechen.
»Und ich glaube wahrhaftig, ich übernehme das Risiko und schaue dem Affen ein bißchen in den Bauch, bevor Sie uns verlassen. Wissen Sie, Herr Rabe, wenn Sie ohnehin dafür sorgen wollen, daß ich rausgeschmissen werde, dann kann ich mir das Vergnügen noch gönnen. Mehr als einmal kann man nicht rausgeschmissen werden. Na, Kim, und wo steckt nun der berühmte Affe? Und du, meine Liebe, kannst uns eine Schere oder eine Rasierklinge bringen?«
Das letzte galt seiner Schwester. Sie nickte und öffnete eine Schublade.
»Hören Sie zu, lieber Herr Inspektor. Ich wollte Sie keinesfalls beleidigen. Wegen dieser dummen Verspätung sind meine Nerven vollkommen durcheinander. Das müssen Sie doch verstehen. Wollen wir nicht einen Strich unter die Sache machen? Ich schenke diesen Kindern den albernen Affen. So viel liegt mir schließlich nicht an ihm. Und ich gehe jetzt und mache mich auf . . .«
»Sie gehen nirgendwohin«, unterbrach Larsen ihn scharf. »Nicht, bevor ich den Affen untersucht habe.«
»Ach so? Nun ja, ganz wie Sie wünschen. Ich möchte Sie nur darauf aufmerksam machen, falls Sie eine Marke in dem Affen finden, dann haben nicht wir sie darin versteckt. Dann sind es diese Bälger hier. Sie haben das getan, ehe sie hierher kamen. Zeit genug hatten sie dazu.«
Larsen sah zu mir herüber.
»Was sagst du dazu, Kim? Bist du dir klar darüber, daß ihr schlimm in der Patsche steckt, selbst wenn ich die Marke im Affen finde? Herr Rabe wird darauf bestehen, daß sie von Palle, Erik und Katja darin verborgen wurde.«
»Nein, das kann er nicht«, widersprach ich. »Denn weder Erik noch Brille noch Katja haben den Affen gehabt. Erik hat ihn abgerissen und mir zugesteckt, und dann sind alle

drei davongelaufen, damit es so aussieht, als wären sie die Schuldigen.«
»Und wo ist der Affe?« fragte Larsen scharf.
»In der Küche«, erklärte ich bereitwillig. »Sobald ich ihn in der Hand hatte, ließ ich ihn in die Tragtasche Ihrer Schwester fallen.«
Alles hielt die Luft an: Larsen, Brille, Erik, Katja, Fräulein Larsen und ich auch. Die einzige Ausnahme war der sogenannte Herr Rabe. Er war auf einem Stuhl zusammengesunken.
Ein paar Minuten vergingen. Der Affe war aus der Küche geholt worden und lag vor Larsen auf dem Tisch. Larsen hielt eine Stickschere in seiner großen, roten Hand und konnte sich nicht entschließen, die Naht aufzuschneiden.
Ich konnte ihm sein Zögern nachfühlen. Nicht nur für uns stand eine Menge auf dem Spiel. Auch für ihn. Wenn der dumme Affe wider Erwarten nichts verbarg, dann riskierte Larsen seine Stellung. Und das wiederum wäre unsere Schuld; unseretwegen säße er dann völlig unschuldig in der Tinte.
»So mach schon endlich!« drängte seine Schwester.
Larsen räusperte sich.
Er nickte, nahm den Affen bedächtig in die Hand und begann den Nähfaden aufzuschneiden. Sehr geschickt stellte er sich dabei nicht an. Die Stickschere war zu zierlich für seine dicken Finger. Doch endlich hatte er es geschafft. Er legte die Schere auf den Tisch und daneben den Affen mit dem Rücken nach oben.
Wieder saß er ein paar Sekunden lang, ohne ihn zu berühren.
»Soll ich?« erbot sich Fräulein Larsen.
Er nickte.
Sie nahm den Affen und zwängte die Stoffteile auseinander. Das braune Stofftier war mit Kapok ausgestopft. Eine Briefmarke war nicht zu sehen.

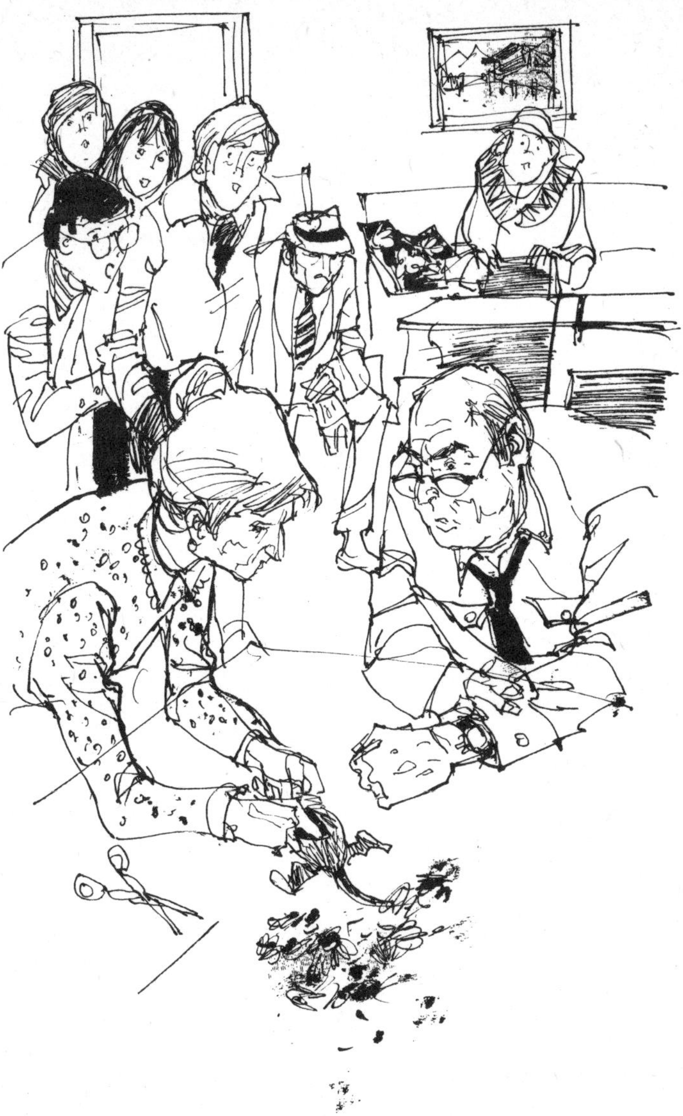

Brille warf mir einen besorgten Blick zu.
Fräulein Larsen begann vorsichtig, den Affen auszuräumen. Sie nahm ein Häufchen Kapok nach dem anderen heraus und legte es auf den Tisch. Nun war nicht mehr viel drin.
Ein Schweißtropfen lief über Larsens Stirn. Im Zimmer war es totenstill. Man hörte nichts als das Ticken der Wanduhr. Und mir schien, ich hätte noch nie eine Uhr so laut ticken hören. Plötzlich lächelte Fräulein Larsen.
Sie hatte die Finger im Affen und lächelte. Ich hatte sie bis dahin erst ein einzigesmal lächeln sehen und hätte nie gedacht, daß dieser Anblick mir noch einmal zuteil würde. Sie ist nicht der Typ, der sein Lächeln freudig verschenkt – wenn ich es mal so ausdrücken darf.
Aber jetzt bestand kein Zweifel – sie lächelte. Sie zog die Finger aus dem Affen, und dazwischen hielt sie die Briefmarke.
»Hurra!« schrie Erik.

14

Eine halbe Stunde später.
Erik hatte ein paar neue Birkenscheite aufs Feuer gelegt. Von der Küche her hörte man Katja rumoren. Es wurde langsam Zeit, ans Mittagessen zu denken. Zwar zeigte die Uhr kaum halb zwölf, doch wir waren schon hungrig. Katja hatte darauf bestanden, etwas für uns zu kochen, und hatte uns aus der Küche geworfen. Deshalb saßen wir jetzt am Kamin und genossen die Gemütlichkeit. Draußen schneite es wieder einmal. Nicht besonders heftig, nur in einzelnen Flocken, und die schmolzen, sobald sie auf der Erde lagen.

Schnapp lag zu unseren Füßen und schaute uns an. Manchmal bewegte er faul den Schwanz.

»Das wär's gewesen«, meinte Brille. »Was machen wir mit dem angebrochenen Tag?«
Erik grinste.
»Kennst du das schöne Wort ›sich auf seinen Lorbeeren ausruhen‹? Außerdem ist es besser, wir erleben nicht gleich wieder etwas. Ich meine, mit Rücksicht auf Kim. Bedenk doch, der muß sich dann hinsetzen und das Ganze niederschreiben. Noch mehr hätte in einem KIM-Buch nicht Platz. Also . . .«
Er hielt inne und lauschte. Durch den Garten kamen Schritte. Schnapp erhob sich und knurrte.
Es klopfte, und als Erik öffnete, sahen wir Larsen draußen stehen. Er war warm gekleidet und trug über der Schulter ein Paar lange Fischerstiefel aus Gummi. In der Hand hielt er einen langen Leinenbehälter mit Angelruten.
»Na, ihr Räuber. Es ist wohl an der Zeit, daß ich mit euch ein ernstes Wörtchen rede. Darf ich hereinkommen?«
Nun, vielleicht erzähle ich lieber erst, was vor sich ging, nachdem Fräulein Larsen die Briefmarke gefunden hatte. Nicht, daß da allzuviel zu erzählen ist. Sobald Larsen diesen Rabe zum Geständnis gebracht hatte, daß er die Marke im Geschäft gestohlen hatte und alles so abgelaufen war, wie wir es uns ausgerechnet hatten – mit der offenen Haustür und dem Notizbuch und so weiter –, sobald das alles also aufgeklärt war, schmiß Larsen uns raus. Ich weiß nicht, was wir erwartet hatten. Vielleicht, daß er sich bei uns bedankte oder sowas in der Richtung. Daß er uns auf die Schulter klopfte und lobte oder wenigstens ein bißchen nett wäre. Doch als er uns hinausschmiß, war er genauso unwirsch wie bei unserem Kommen.
Und jetzt saßen wir also hier vor dem Kamin. Katja kam aus der Küche und setzte sich auf die Tischkante.
Ich glaube, wir alle vier – oder fünf, denn Schnapp ging es genauso – schauten Larsen gespannt ins Gesicht, um wenigstens ein klein bißchen Wohlwollen zu entdecken.

Herrgott, bis jetzt waren wir doch so gut Freund mit ihm gewesen! Warum machte er gerade jetzt ein so ernstes, ja, böses Gesicht?
Er räusperte sich.
»Nun können Sie also doch Ihre Angeltour machen«, begann Katja das Gespräch.
Er tat, als hörte er nicht. Und nun fing er an:
»Ihr seid euch hoffentlich darüber klar, daß ich von Amts wegen hier bin? Und selbst, wenn ich vielleicht noch einmal Gnade vor Recht ergehen lasse, so möchte ich euch in aller Deutlichkeit zu bedenken geben, daß so etwas nicht wieder vorkommen darf. Nächstesmal muß ich andere Saiten aufziehen. Das versteht ihr doch wohl! Erstens habt ihr einen entflohenen Häftling verborgen...«
»Aber er war doch unschuldig!« rief Katja zornig. Sie kann nämlich genauso wütend werden wie Larsen.
»Das hat überhaupt nichts zu sagen«, knurrte er. »Ihr wißt genau, daß es eure Pflicht ist, mir so etwas zu melden. Um solche Dinge hat sich die Polizei zu kümmern und nicht ein Haufen Wickelkinder! Zweitens seid ihr durch ein Fenster eingestiegen und habt ein fremdes Sommerhaus durchwühlt. Nicht genug damit, ihr habt sogar in fremden Taschen gewühlt! Ja, natürlich weiß ich, daß ihr nichts genommen habt, aber Einbruch ist unter allen Umständen ein schweres Verbrechen.«
»Wenn wir das nicht getan hätten, dann wäre nie...«, begann Katja wieder.
Larsen kehrte sich ihr zu und sagte aufgebracht:
»Halt den Mund! Jetzt rede ich! Ihr kommt euch wohl vor wie ein Regiment von Helden, was? Ich werde euch sagen, was ihr seid: Ein Haufen Wickelkinder, die noch nicht mal eine Ahnung vom Gesetz haben. Aber ihr könnt euch drauf verlassen, ich werde euch die Gesetze lehren! Versucht also ja nicht noch mal solche Streiche. Habt ihr verstanden?«
Während seiner letzten Worte war er aufgestanden.

Wir antworteten nicht. Doch, Schnapp gab eine Art Antwort. Er knurrte.
Katja war jetzt genauso wütend wie Larsen.
»Hätten wir nicht so gehandelt, könnten Sie jetzt nicht angeln gehen«, rief sie. Sie war vom Tisch gesprungen, hatte sich vor ihm aufgestellt, und ihre Augen funkelten ihn an.
Er erwiderte ihren Blick. So standen sie einen Augenblick lang und starrten einander wütend an, dann sagte er barsch:
»Ich hoffe, ihr habt mich verstanden. Wenn es noch einmal auch nur den kleinsten Ärger mit euch gibt, dann werde ich dafür sorgen, daß ihr es bereut!«
Mit diesen Worten marschierte er – Fischerstiefel über der Schulter, Angelruten in der Hand – aus dem Haus. Hinter ihm fiel die Tür krachend ins Schloß.
In mir kochte es. Natürlich sah ich ein, daß die Methoden, die wir angewandt hatten, nicht durchwegs mit dem Gesetz in Einklang standen. Aber schließlich hatten wir auf diese Art ja einen Unschuldigen vom Verdacht reinigen wollen. Was war denn in Larsen gefahren? Je mehr ich an ihn dachte, desto heftiger kochte es in mir.
Ich weiß nicht, wie lange wir so dasaßen und schwiegen. Jedenfalls roch auf einmal etwas angebrannt. Katja schrie auf: »Meine Frikadellen!« und stürzte in die Küche.
Während sie draußen war, klopfte es wieder an der Tür. Diesmal war es der Briefmarkenhändler.
»Guten Tag«, sagte er. »Gerade war Larsen bei mir.«
»Bei uns auch«, sagte Erik kurz.
»Kann ich mal hereinkommen? Danke. Hört mal, hier riecht's aber angebrannt. Hab ich recht?«
»Sie haben. Das ist unser Mittagessen«, erklärte Brille. Erik setzte hinzu:
»Das soll nämlich so riechen, müssen Sie wissen.«
»Wie? Das ist aber merkwürdig. Na, ich komme wegen etwas anderem. Larsen hat mir nämlich von euch erzählt.«

Erik, Brille und ich warfen einander düstere Blicke zu. Dann nahm wieder Erik das Wort:
»Ja? Das ist natürlich unangenehm.«
Der Briefmarkenhändler betrachtete ihn verständnislos.
»Warum denn das, junger Mann?«
»Weil er eben hier war und uns kräftig seine Meinung gesagt hat.«
Katja, die inzwischen aus der Küche gekommen war, erklärte aufgebracht:
»Wir haben getan, was wir konnten und so gut wir es konnten. Wenn Sie uns also auch den Kopf waschen wollen, dann . . .«
Der Briefmarkenhändler riß verblüfft die Augen auf. Dann lächelte er.
»Mir scheint, ihr habt das Ganze falsch verstanden. Wieso nehmt ihr denn an, daß ich euch den Kopf waschen will?«
»Sie sagten doch eben, Larsen hat ihnen von uns erzählt«, erwiderte Brille.
»Ja, das hat er. Und ich glaube, daß er große Stücke von euch hält.«
»Daß er . . . WAS?« rief Erik aus.
»Daß er große Stücke von euch hält«, wiederholte der Briefmarkenhändler geduldig.
»Er haßt uns«, murmelte Katja düster.
»Er möchte uns am liebsten am Galgen sehen«, fügte ich hinzu.
»Er würde uns am liebsten den Löwen vorwerfen. Oder der . . . kennen Sie seine Schwester?«
Der Briefmarkenhändler schüttelte den Kopf und lächelte.
»Herr Larsen hat überaus freundlich von euch gesprochen. Ihr habt ihn anscheinend mißverstanden. Er berichtete mir, wie ihr ganz allein den Fall aufgeklärt habt, und daß ich es ausschließlich euch zu verdanken habe, daß meine

kostbare Marke wieder zum Vorschein gekommen ist. Und deshalb bin ich auch da.«
»*Larsen* hat das gesagt?« fragte Brille ungläubig.
»Ja, Larsen. Und da bin ich schnell herüber gekommen, um euch zu danken. Aus ganzem Herzen zu danken.«
»Ach, es war nicht der Rede wert«, sagte Brille bescheiden.
»Und ob es der Rede wert war. Zunächst und ganz besonders bin ich glücklich, daß Herr Andersen, den ich sehr schätze, vom Verdacht gereinigt ist. Ich habe keinen Augenblick an seine Schuld geglaubt. Übrigens hatte ich keine Ahnung, daß er geflohen war, und auch nicht, daß er hierher gefahren ist, um mit mir zu sprechen. Ich möchte euch vielmals danken, daß ihr euch seiner so liebevoll angenommen habt. Der Polizist hat mir berichtet, daß er im Hotel zu Bett gebracht wurde, und daß der Arzt schon bei ihm war. Er muß noch ein paar Tage liegen. Ich könnte mir denken, daß er sich freuen würde, wenn ihr ihn morgen mal besuchtet. Sicher möchte er sich gern selbst bei euch bedanken. Ich werde ihn natürlich ebenfalls besuchen.«
Er machte sich daran, etwas in seinen Taschen zu suchen. Währenddessen fuhr er fort:
»Zuerst hatte ich die Absicht, euch heute abend zu mir einzuladen. Eine kleine Feier. Doch dann dachte ich, daß ihr wohl lieber allein feiert. Deshalb also . . . na, wo ist es denn? Ich habe es doch . . . Ja, da ist es ja.«
Er zog einen verschlossenen Briefumschlag aus der Tasche und reichte ihn Katja.
»Also möchte ich euch bitten, dieses kleine Zeichen meiner Dankbarkeit entgegenzunehmen und euch selbst etwas Gutes zum Wochenende zu kaufen. Später werde ich mich mit euren Eltern in Verbindung setzen und eine Belohnung für das Wiederauffinden der Briefmarke besprechen. Inzwischen also dies hier. Bitte! . . . nein, nein, ich bin es,

der zu danken hat. So, und jetzt wünsche ich euch ein schönes Wochenende!«
Als er gegangen war, riß Katja den Umschlag auf. Darin lagen fünfzig Kronen. Fünf wunderschöne Zehnkronenscheine.
Erik schrie hurra, Katja schmiß die Küchenschürze in einen Winkel und rief:
»Nichts wie schnell in den Ort! Wir müssen noch mal Fleisch kaufen, denn das andere ist hoffnungslos verbrannt. Und dann feiern wir! Und was wir alles kaufen müssen . . .«
Ich weiß nicht mehr, was sie alles aufzählte. Jedenfalls gingen wir in den Ort und erstanden eine Menge guter Sachen, und als wir heimkamen, bereitete Katja wieder Frikadellen. Sie schmeckten fantastisch.
Draußen hatte sich der Schnee in Regen verwandelt. Es schüttete geradezu, und es stürmte auch beträchtlich. Wir machten es uns nach dem Essen am Kamin gemütlich und waren mit uns und mit der Welt im höchsten Grad zufrieden.
Nur Erik war ein bißchen melancholisch. Ich kannte natürlich den Grund. Vermutlich dachte er an das Mädchen mit dem hellen Haar und an ihren Vater, der wie ein feuerspeiender Drache dazwischen stand.
Brille stopfte nachdenklich seine Pfeife.
»Wißt ihr was?« begann er. »Eigentlich haben wir heute eine ganze Menge Menschen glücklich gemacht. Prima, nicht? Erstens den Mann mit dem Kopfverband, zweitens den Briefmarkenhändler, drittens Larsen, weil wir seine Angeltour gerettet haben . . . und . . . ja, viertens Fräulein Larsen, weil sie keine Angst zu haben braucht, in der Nacht allein im Haus zu sein. Na, und fünftens Schnapp, weil er alle Kohlenstückchen fressen durfte, die Katja kühn Frikadellen nennt.«
Katja lachte.

»Seit wann ist Schnapp ein Mensch?« fragte sie.
»Na, jedenfalls vier Menschen und einen Hund, und das ist für einen einzigen Vormittag gar nicht so schlecht.«
Erik seufzte.
»Fehlt dir was, alter Junge?« fragte Brille teilnehmend.
»Du hättest vielleicht die letzten sieben Frikadellen nicht mehr essen sollen.«
Erik warf ihm einen Blick zu, ganz ähnlich wie der, mit dem Schnapp eben Katja bedacht hatte. Da klopfte es an der Tür.
Wir sahen einander fragend an. Dann rief Erik: »Herein!«
Fast im selben Atemzug sprang er vom Stuhl auf. Denn in der offenen Tür stand – das Mädchen mit dem Blondhaar! Dieses Blondhaar war jetzt ganz naß, und ein Windstoß fuhr ins Zimmer und brachte den Kamin zum Rauchen.
Erik packte sie am Arm und zog sie herein.
»Sowas!« rief er. »Wir hatten nicht gehofft, dich jemals wiederzusehen. Zieh den Mantel aus und tu, als wärst du zu Hause. Wie hast du's nur fertig gebracht, deinem Vater zu entwischen? Und woher weißt du, wo wir wohnen?«
Sie lachte und zog den nassen Regenmantel aus.
»Welche Frage soll ich zuerst beantworten? Euch zu finden, war nicht schwer. Als der Glaser kam und die Scheibe einsetzte, fragte ich ihn, ob er euch kennt. Und das tut er also.«
Erik grinste.
»Und ob der uns kennt. Bei der vielen Arbeit, die wir ihm im Lauf der Jahre verschafft haben . . . Aber wie bist du deinem Vater entwischt?«
Er zog ihr einen Stuhl zum Kamin, und sie setzte sich.
»Das war allerdings schwieriger«, gab sie zu. »Vater war nämlich in den letzten Tagen schrecklich schlecht aufgelegt. Doch ungefähr vor einer Stunde erfuhr er zufällig et-

was, das seine Laune haushoch besserte. Daß nämlich . . . aber das interessiert euch bestimmt nicht, lassen wir's also.«
»Doch, sicher interessiert uns das«, rief Erik. »Schieß los und erzähle.«
»Na bitte – mein Vater ist nämlich Direktor einer Versicherungsgesellschaft. Neulich wurde eine sehr wertvolle Briefmarke gestohlen, und der Händler, dem sie gehörte, ist bei Vaters Gesellschaft versichert. Na, gar so nahe gegangen ist das meinem Vater natürlich nicht, denn es ist ja nicht sein eigenes Geld, aber trotzdem war er sehr froh, als er vor einer Stunde hörte, daß man die Marke hat und den Dieb auch. Und wißt ihr, wo sich das abgespielt hat? Hier im Fischerort! Ist das nicht ein komischer Zufall! Mein Vater hatte keine Ahnung davon, daß der Briefmarkenhändler hier ein Sommerhaus hat, und daß der Mann von nebenan ihm die Marke in Kopenhagen aus seinem Geschäft gestohlen hat. Wenn das nicht ein toller Zufall ist . . . sagt mal, was lacht ihr denn so komisch?«
»Sollen wir's ihr erzählen?« meinte Brille.
»Laß sie's lieber im nächsten KIM-Buch lesen, sobald es herauskommt«, schlug Erik vor. »Dann wird ein Exemplar mehr verkauft. . . . aber nein, sie tut mir leid, wenn sie so lang warten muß. Höre also, Britta . . .«
Und dann berichtete er ihr alles, was ich hier niedergeschrieben habe. Jedenfalls die Hauptsachen. Manchmal unterbrach ihn einer von uns, aber das meiste erzählte er. Anfangs machte sie ein Gesicht, als glaubte sie uns nicht richtig. Sie saß stumm da und musterte uns, doch als Erik endlich fertig war, schien sie überzeugt.
Gleich darauf sagte sie:
»Erik, was hast du vorhin gesagt? Ich kann das alles im nächsten KIM-Buch lesen?«
»Kennst du die KIM-Bücher?«
»Klar kenne ich sie. Ich habe fast alle gelesen.«

»Der dort schreibt sie«, sagte Erik und deutete mit der Pfeife auf mich.
»Ist nicht wahr! Jetzt schwindelt ihr!«
»Durchaus nicht«, sagte ich würdevoll. »Stimmt alles aufs Wort.«
Sie schaute ungläubig von einem zum anderen.
»Aber . . . dann bist du also *der* Erik, der in den KIM-Büchern vorkommt? Und du bist Brille, und du Katja?«
»Genau«, bekräftigte Erik.
»Und der Hund heißt Schnapp«, fügte sie triumphierend hinzu.
Als Schnapp sich beim Namen genannt hörte, stand er auf, schob sich an Brittas Seite und leckte ihr die Hand.
»Ich begreife das nicht«, erklärte sie. »Ich will sagen, es geht mir nicht in den Kopf, daß das alles wahr ist. Habt ihr das, was in den Büchern steht, wirklich alles erlebt?«
Erik nickte.
»Ach! Hätte ich euch nur früher kennengelernt! Ich gäbe gern alles, was ich besitze – ist nicht gar so viel, übrigens –, wenn ich nur ein einzigesmal mit dabei sein könnte, wenn ihr solche spannenden Abenteuer erlebt!«
Erik lachte glückselig. Er rief:
»Sollte mich nicht wundern, wenn dir dein Wunsch in Erfüllung geht! Der Samstagnachmittag hat ja kaum begonnen. Was kann da nicht noch alles geschehen . . . Wirklich, ihr werdet es komisch finden, aber ich habe so eine Ahnung, als ob uns noch etwas bevorsteht.«
Diesesmal widersprach ich ihm nicht. Langsam bekomme ich nämlich Respekt vor Eriks Ahnungen!

Detektiv Kim – immer ein klarer von Spannung!

18 aufregende Abenteuer sind bisher erschienen.

Band 1
Detektiv Kim aus Kopenhagen

Band 2
Detektiv Kim und der verschwundene Schatz

Band 3
Detektiv Kim und der vermißte Polizist

Band 4
Detektiv Kim stellt eine Falle

Band 5
Detektiv Kim und das geheimnisvolle Haus

Band 6
Detektiv Kim auf der richtigen Fährte

Band 7
Detektiv Kim und der schlaue blaue Papagei

Band 8
Detektiv Kim unter schwerem Verdacht

Band 9
Detektiv Kim und die Spione

Band 10
Detektiv Kim knackt das Ganovenrätsel

Band 11
Detektiv Kim verfolgt die Brandstifter

Band 12
Detektiv Kim bekämpft die Mopedbande

Band 13
Detektiv Kim entlarvt die Schmuggler

Band 14
Detektiv Kim entert die geheimnisvolle Motoryacht

Band 16
Detektiv Kim in der Klemme

Band 17
Detektiv Kim greift ein

Band 18
Detektiv Kim und das verschwundene Krokodil

C. Bertelsmann Verlag München